实力姬　诗歌选集

Selected Poems by Shiliji

山的背面，
放起烟火

因为时间大多无力发光
很多路灯才选择沉眠

我摸黑来到湖边
今天深夜
山的背面隆隆放起烟火
明天是件十分遥远的事

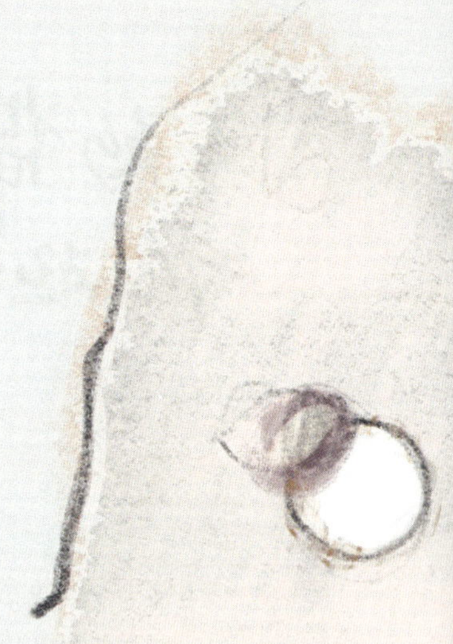

平躺，双手向上，拥抱，并形成一个空腔

这是一个最大的指环

一个满月的倒影

一个微型的虫洞

一个爱你，并单纯拥揽你的仪典

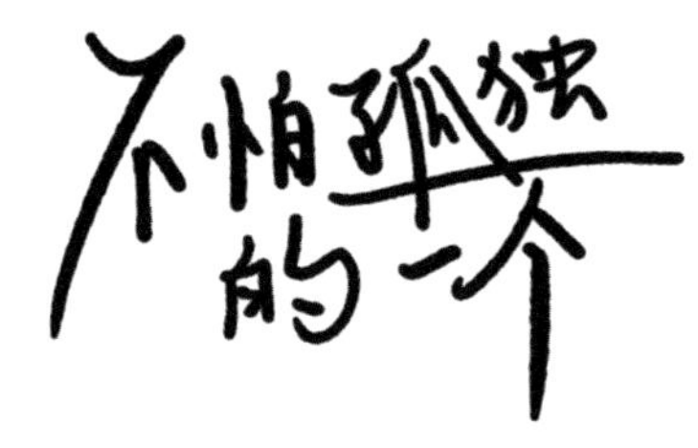


你知道这世界上
有一群人声明着：
我毫不惧怕孤独

我不知道他们是谁
有多少身影
走过怎样的路
我只是其中一个

他们是一抔水洼
水洼里的暗礁
暗礁上的痕渍

痕渍里有黑夜
黑夜无尽的原野
原野上千千阙歌

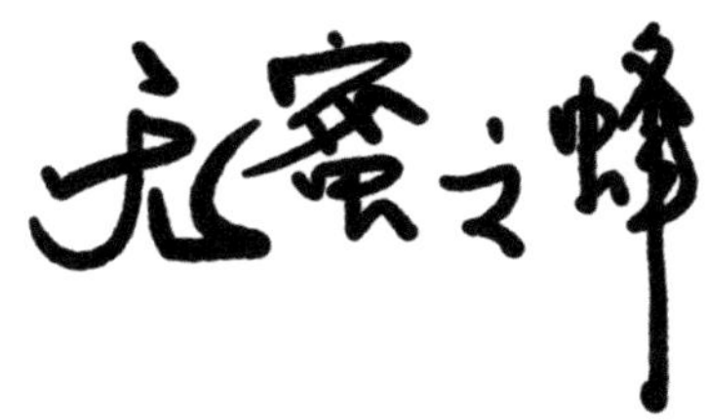

寻不到蜜的蜂
开始尝试新的飞行
轨迹翩跹
如同轻摆的摇篮
有人说是摇篮
有人说是坟墓

寻不到蜜的蜂
在自由坠落的片刻
忘记所追思的事物
有人说是怅然
有人说是解脱

夕阳忘记回家
星河用力跳舞
蜂死去的那个夜里
第二天花里的蜜将会出生

一只螺蛳挂在蛛网上

海洋早已退去

海底成为陆地

远山外的雨林

海水已没过腰

奶奶的拐杖缓缓变成一枚银簪

赤裸的背影重新变得紧实而炙热

现在她正将垂落在海面的黑发拢上

1

将我清理
将我搬运
在我左右
不言报酬

不觉晦气
亦无恐怖
不甚难过
低语轻祝

送我归去
送我远途
体累神劳
伸伸懒腰

缺此缺彼
无怨无忧
蓝天照旧
一切从头

2

秃鹰在曾被称为“我”的顶空盘旋

这曾是一具躯体
如今是待解的肉块
蝇蚁像旧纸张上密密麻麻的书虫
它们正不慌不忙地翻看这本书

为葬礼帮忙的邻人们
现在已淡忘
连同啄米的鸡
刚落地的牛粪
微风中摇曳的野花
连同山的雨季
和周遭旷日持久的一切
它们也都淡忘了

遗忘是最自然的读后感
阅后即焚
读过便懂

秃鹰还在顶空盘旋
下方土地已空空如也

爱会变为轻蔑
恨会化作想念
都是衔尾蛇
穿越彼此才能成为无限

你想验证他的勇气吗
想再次故地重游这个心灵吗
还是你想找到他犹豫的蛛丝马迹
攻击他的破绽
挑战他的眷恋
嘲弄他的停摆

在那个丰饶的时节
尽可能长久地看着他吧
一切收获都是真的

而如果后来你们心猿意马
巴比伦将会随之倒塌
那双眼睛也不再是珍贵的事物
而只是廉价的玻璃弹珠
再也映衬不出什么

你惧怕，却无数次想起的那个视线
曾将你变成石头
它未来也会一直扫射
因为那个旧人时刻提醒着你：
“盯着我。”
“这便是我们。”
“我们一去不返。”
“千万别忘了。”

很多人都等待游乐园开放
在游乐园的倒影里
人们早已离场

我坐在莫比乌斯环状的摩天轮里
推开脚底的窗
看地面的夜
落向远方

有条件的浪漫
只是一种商业手段

褴褛的衣衫挂在枝头
被风吹得轻微转动

田间很荒凉
夜晚很冷
不井井有条的世界在宇宙的另一面
还是去百货公司寻爱吧

# 没有厨房

清晨的厨房
有了些光和声响
“你在做早饭吗？”
睡梦中的我翻身——
“但你并不懂得烹调……”

我于是也起身
拍拍你的肩膀
开始摆弄自己的配方
那些好听的名字：
清水、面粉、迷迭香……

我昨晚听了会雨
故而忘记阖上窗扉
现在窗外有一些杂响
天空也在渐渐透光
清晨的微风正吹过我的面庞

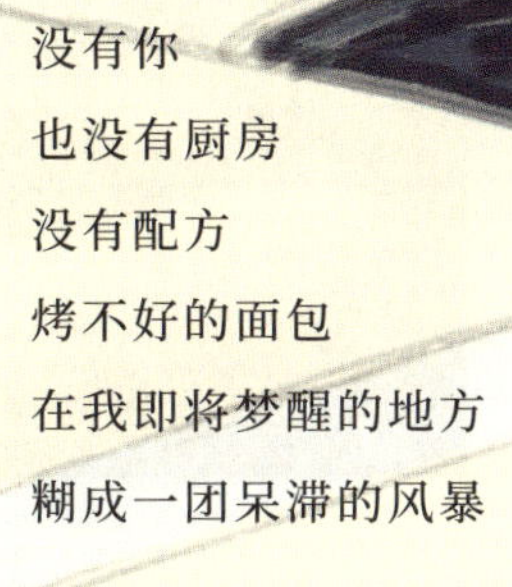

没有你
也没有厨房
没有配方
烤不好的面包
在我即将梦醒的地方
糊成一团呆滞的风暴

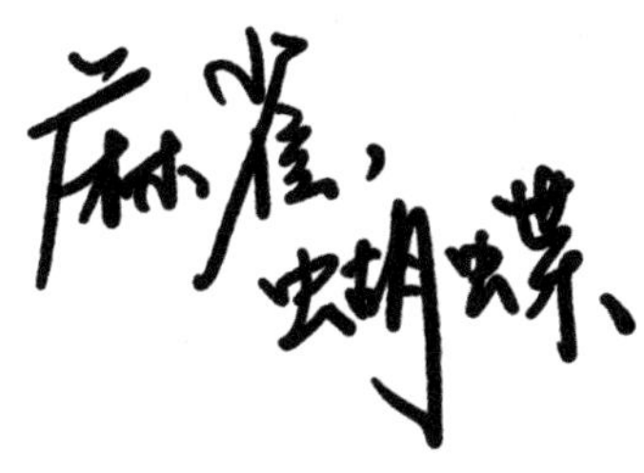

几个月后落雪的某天
你在花园掩埋了一只死去的麻雀

明年你踏进这里的时候
恐怕将不会在意飞舞的蝴蝶

我希望你还喜欢这座花园
希望你也许可以一直喜欢

也看得见蝴蝶
也怀念着麻雀

# 问个园丁

洪浪里死去的花

（浇灌时间花束的水）

惊雷中紧紧闭上的眼睛

（眼中绽放馥郁的春雷）

怕黑的园丁

（夜游的园丁）

寸步难行

（点石成金）

Harvest
of
Wine

# 天鹅之死

我车筐里的天鹅别过头笑说：
让我们冒着雨骑行最远的路

（眼前唯一的小路，通向黑暗，暴雨狂风）

天鹅的细颈
像同样纤细的手臂

曾被扼住细颈的天鹅
便是已经垂下手臂的我

魔女跪在冰川的地板上
她需要将无数小昆虫的尸体挨个清扫

仇恨的火焰曾经狂妄地吐着火舌
以至如今反向凝结为最严酷的冰冷

对他人而言极端的困苦
是她早已嚼而无味的日常

她从不相信会从哪里降下天罚
于是将自己变为祭品、刑具，惩戒的对象

不惜将自己燃放
灰烬落在地上

灰烬化变昆虫
在冰上逐个死去

那天她在复活、清扫的时候
感到万分的安全和相似

从此轮回的钟声变得清澈

# 审时度势

有一些话
被我审时度势地
换作了你脚边
即将踢开的一颗石粒

而它闯过湍流
闻过草木
遥望了俠峰和星空

本才是我
想长长久久
说给你的事

诗歌有三四段、五段更多段
心事只有一段
它也是无数段

起风的时候
全都被吹起来的额发
是数不清故事的起点

早该想到这些头发和故事
会随着毛囊和发丝形成的流星
陨灭在辗转反侧的枕边

逐个陨灭
彻底陨灭
在那孤老的地界
永永远远地终结

把印有青苹果图案的夏被，盖在身上
幼稚和青涩的时光早已成为过往

童年夏天的梦里
苹果会长出眼睛
现在我又借来一双
轻轻覆在闭合的双眼之上

我等待这些过往
我的过往
亲缘的过往
街区从头到尾的过往
悄然造访
像如今摇曳的心神……
等待不如何时会吹起的……

下一阵
夏夜无名的晚风

我爱这样的海
远超那样的海

海水不断灌入
悬崖岸石的缝隙
形成它
等待它
接受它

岩之峻
岩之巍峨
海之冷
海之辽阔

海鸟冲破天际
海龟石沉大海
我在山坡徘徊

没人可以替你指出
广度，深度
世间的纵横
直到你参与
一场一场生命沉默的研讨

我是这样的海
远非那样的海

# 我于何日何地走失

1

我于何日何地走失
已无可考
影像是某种摄魂术——
我不全是当时的我
当时的我也许是他
他模仿你
你取代我

你只轻轻驻足时
我流露着最自然的神色
而当相机丛丛架起
我的行囊却开始自动填充
不得不远行地出走
这是摄魂术引发的
永恒错位的诅咒

2.

为片刻而活的我乞求目光
尽管将如此渴望
但总有一天
那个我会在众目睽睽之下走失
因为片刻从来不足以承担更多

但摄像机总会呈现
另一个可能的结局：
无数的你我四处游荡
举止美丽，却略显荒谬

3

“你去哪了。你变了。我认不出你了。”
“请不要相信这种巫术——”

4

我于何日何地走失
已不重要
走失的我连过去的名字也会忘记
那时我已不会引起注意
于是在新的大陆化为平庸的地貌

没有影像，没有记录
谁也无法解释
麦田为何形成难解的字
但如果你可能再次遇到我
我想我会向你描述我的猜测——

## 5

它其实大致只是些简单的嘱咐：

“无须记挂，无须知悉。”

“你曾在这里，也将在那里。”

“真相，总在你的身后。”

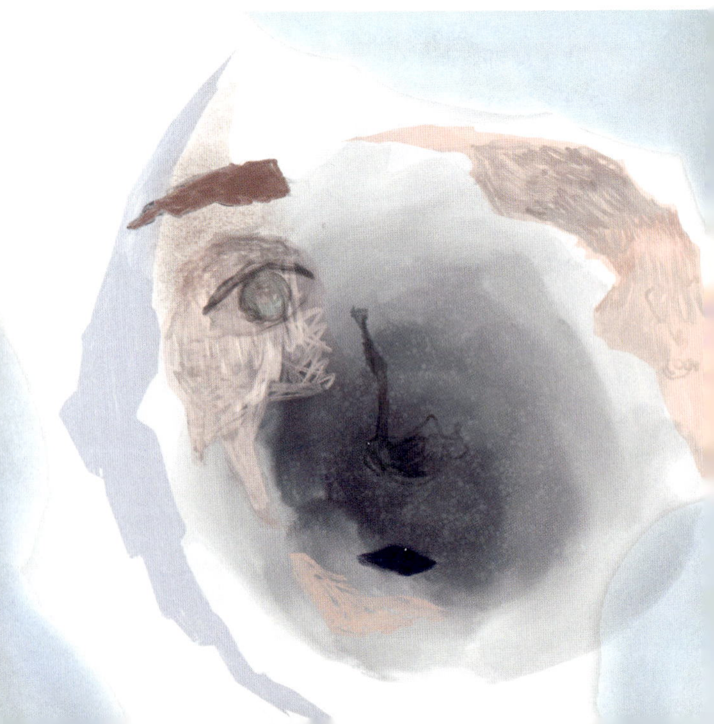

因为长久行居在地面
自然忽视了光从哪来

现在我们抬头看到的
是几分钟前的太阳
也许更遥远的地方
许多宇宙仍未诞下

我们为之感动的星星
在上世纪已经死去
星河画布上众多的尘埃——
永恒被忽视的无名之实

你记起光是从哪里来的了吗
——是猛烈，狂暴
无以为继，痛苦的延烧
我们长久在上方行走
便忘了这双脚下，地核深处
蛰居亿年的烈火

我常在与人擦肩而过之时感到微微热意
只是因为
发现空洞眼球之下也有滚烫热泪的种子
只是因为
即使是极寒的星球，及极为普遍的——

你，和我，和每颗星星
它们都在熊熊燃烧……

Selected Poems by Shiliji

# 实力姬　诗歌选集

“你，和我，和每颗星星
它们都在熊熊燃烧…… ”

# 爱可思光

实力姬 著

CNS 湖南文艺出版社 · 长沙
HUNAN LITERATURE AND ART PUBLISHING HOUSE

**图书在版编目（CIP）数据**

爱可思光 / 实力姬著. -- 长沙 : 湖南文艺出版社, 2025. 3. -- ISBN 978-7-5726-2188-8

Ⅰ. I267.1

中国国家版本馆CIP数据核字第2025GA8987号

**爱可思光**

AI KE SI GUANG

作　　者：实力姬
出 版 人：陈新文
责任编辑：李　阔
总 统 筹：梁　洁
选题策划：付　婷
装帧设计：实力姬
内文设计：张娅君　罗静颖
出版发行：湖南文艺出版社
（长沙市雨花区东二环一段508号　邮编：410014）
网　　址：www.hnwy.net
印　　刷：深圳市福圣印刷有限公司
经　　销：新华书店
开　　本：1092 mm × 787 mm　1/32
印　　张：9
字　　数：160千字
版　　次：2025年3月第1版
印　　次：2025年3月第1次印刷
书　　号：ISBN 978-7-5726-2188-8
定　　价：48.00元

# 目 录

Contents

## Part 1

## Part 2

## Part 3

# Part 1

别忽视你的这颗心！有的是人想窃取它。

# 不宜的味道

通往工作室的小径的杂草丛里长出一枝分外可爱的小白花。还没来得及欢喜几天，再看到的时候已经，不知怎么当头折断了。几天前还清妍的脸庞，如今悬垂着摇摇欲坠。我着实不忍，于是干脆捻断了它。又一个不吉的征兆。

这个新的工作室，是老上海弄堂最深处的一个由装修方重新粉刷外立面，内部由板材搭造而成的两层小楼。当初租下它，一来是为自己及工作伙伴提供办公场所，二来竟也微微怀有不切实际的愿望：也许有那么三两个风和日丽的周末，我可以撑起主人公的架构，打开它的大门，张开迎接所有人的怀抱。

后来诚如我的预感，初衷确是有待考量的：朋友伙伴鲜少拜访，房子慢慢滋生出一丝颓唐的气息。

租下这间房屋并非偶然。它填补了我某些过去未竟的心愿。

彼时我刚在东京结束第一处住所的合约，满城寻觅新房子。喜欢的其中之一正是这所性价比极高的公寓。它位于时髦的江户川区，街道明亮整齐，乘坐靓丽地下铁，出站穿过一所小公园，步行十分钟便到达。提及它的性价比，是因为它充分合理的价格之下却是整整三层的可使用空间，虽然每一个部分都略为局促，乏善可陈，但这组合仍然是不多见的。

我马上恳请中介帮我接洽，得到答复迅速却也异常——不接受留学生的申请。知道是这个原因的我也并未立刻气馁，因为当时虽身在海外，我仍然一直在远程做一些设计的工作，出具工作的证明并不是一件难事。我便央求中介，看是否可以再次替我说明情况，以自由职业者的身份申请。

以这样的诚意，我稍微撬动了房东的戒备，通过了申请。然而只是获得了排队的资格，没过两天中介又发来消息，说房子已经租给了其他日本本地申请者。

那是一个我完全展开了想象的住处，走进去没多久，我甚至已经想到了诸如餐布摆放的细节，因而认定这恐怕是我命中注定的重要场所。后来我发现，在许多场合我都会产生这样缺乏节制、不懂收敛的想象，并不是我认为的用直觉衔接了可以预言的未来。它不是我直觉强烈的信号，也不是以自身敏锐的感官抓取了别的平行时空的生命片段，那只单纯说明了：我是一个爱幻想的人。

最终，幻想之人被流放到距离千岁乌山车站步行遥远的某个一户建的二楼，落户于这个建筑风格复杂多样，但无论从哪个角度咂摸都显得有点荒草萋萋，且颇具战地医院或难民营气质的居民区。使人不得不几次三番查看地图，才犹犹豫豫确认这里也是赫赫有名的世田谷辖区。检索周围特色小店的时候，不小心瞅到的是旁边那座著名的世田谷公园——这儿曾发生骇人听闻的“世田谷一家杀害事件”。

但即便如此不祥，即便地藏菩萨或许也会为之连连摇头，即便会在深夜两点被楼下东北大哥打游戏时难以自持的欢叫声惊醒，即便在走路回家时不再感觉是年纪尚轻的海外留学生群体的一分子，我仍然握紧了拳头，不主张太过失去主意和想象。

对于爱幻想的人，生活便会给他别样的材料任其烹调。别管可能做出多么难吃的饭菜，都不影响他们在厨房里像模像样地用指头品尝。那种游刃有余也不是假装，更多的是缺乏对实际生活的考量，俗称“很傻很天真”。

这样天性的人，是不怕有更多灾祸降临的。即便厨房爆炸，也只像是生活节目突然转场成为动作片，过家家的人会把不同图案的餐布摆在别的方向而已。

我十分羡慕能丝滑畅然地流淌自己感情的人。他们好像永远不会考虑太多，凭借一种玄妙的、我们姑且称之为“喜欢”的直觉，就可以自然而然地相互粘住，不顾其他，充满了曼妙的生活姿态。生气了可以发火，剧烈争吵，眼泪狂飙……然后再热烈拥抱，用结结实实的肉身当作黏合剂。

我曾试图假想参与一个演技训练营，立定在房间，心中默念提词："来吧，流淌心中的情感吧！"于是在脑海中那只手便豪迈一挥，拧开了情绪的水龙头。几秒过去了，却寒枝雀静。"兴许是我扭得不够开"，如此疑心于水流的我继续扭转，但仍无任何甘霖降下的征兆。我有些气急败坏，又使劲摇晃连接处的水管，太过激烈的动作使得一滴水终于不情不愿地落下……为免尴尬，我还是堆着笑上前，迅速把水龙头重新拧紧了。

"这是怎样一种丰盛的参与感啊！"我一直试图品味，始终无法参悟。

在我一直以来可谓之孤寡的生活氛围里，其实并没有太多人们所想象的那种参与感。

每每我展露出的样貌让人们得出距我相较甚远的评论时，我都想大叫"你们看错我了"。我远不像看起来那样，甜美可人，乐乐呵呵。

然而这也并不是说我不能够享受与人的陪伴、相处，而是始终觉得，大片大片广袤的、他人人生的疆土，是我无法踏足的。我没有那样的自信，冲锋陷阵地对待别人，对其大喊："你的生命，我来了！”——我总是往地图的边角里退，想着做个温馨的边陲小镇，或是补给的驿站便足矣，不在故事正文中占据太多笔墨。

那些与我相似的，欠缺吸附与应变能力的人，都非常容易在别人的生命剧目中落马。他们落马是因为，不愿意把自己最本真的欢快一股脑儿地嫁接在别人身上，嫁接在一种受外部光照更充分而看似更光亮的生活表面里上；不愿意轻信社交能士的话语，而更想听听孤独之人的声音。最终他们都发现，一个人的秉性，以此立足的理由和决心，都并不写在所谓的故事正文里。

天生反骨的基础，加上已经彻底习惯，当我越跟着生活向前走，反而越理解并越想守卫这种落下马的窘迫。我们很容易被其他个人和团体下意识排除，甚至很容易被抹去痕迹。“那个不宜人的人落下马会变成什么呢？”我幻想着这个问题，“变成花朵才好，从被折断开始直到被踩碎，整个过程都散发出宜人的气息”。

那枝无故夭亡的花朵，它的影像还在继续。

“疏离”不断编织着旧的章节，并在花茎断裂之处结成了它新的果实。

这果实不仅早早预示着开放工作室这一念想的落空，也纷纷坠落，腐烂在我世田谷区独自蛰居、往返于家和车站的僻静街道上，突出了我很多生活的主题。

想来好像在哪儿，我都是一样，在外不停地行走，绕远路，而回到住处却总毫无意外地一屁股坐下，不再起身，只占据房间的一隅。同理，不论多大的床榻，我永远只占用靠某一侧的盈尺之地，睡觉翻身也是在原地翻滚。住民宿最后都收拾得完好如初，只因为多达九成的空间我根本从未使用。朋友夸赞我“适宜共处一室”“感觉不到有个人”，爱彼迎房东欢迎我，“他是最好的房客，你绝不能错过”，只有我自己在心里讪笑，清楚得很：久了你们恐怕受不了。

这份我称之为流放感的，极具告别色彩的气质，便是那些落马之人性格的侧写。毫无疑问，这使他们不能够成为日常游乐的常备，也使得其余人不由得疑惑繁华的现代都市生活对他们来说究竟意味着什么。

“很显然，对于这样一个人来说，在变化万千的城市，试图以这样不宜人的异见，饱受外来普遍的风俗与意识的浸染，仍要保持这份无可选择的，天然的喜好和需求，才是更加艰苦的修行……但不坏的是，向来是有人爱好艰苦的。”尽管没有人真的问过我这样的问题，我仍然在心里默默编排了有关它的回答。

抵达车站只消三分钟，秋季以后便能长期看到富士山。位于铃兰通路旁边的八层楼高的单身公寓，便是我在日本住的第一个地方。

我住在八楼的最顶层，只有独自一间。这是日本多有的异形建筑，此楼从上至下呈阶梯状，七楼有两户，六楼也许有三户或者更多。

初来日本时，我感觉良好。街道整洁，噪音收敛。我还不会日语，所以仍用英文交流，于是在一众日式发音的衬托下更不自觉地滋生出自满的腔调。配合剪裁精致的大衣与舒适得体的羊毛围巾，再用我于精品商店重金购置的品质男士木香散漫地喷涂几下，就连走路时的脚后跟都变得轻盈不凡。更别提，刚住不久入了深秋，远处的富士山马上就迫不及待向我露出了谄媚的笑容。

在那个狭小的乌托邦里，我游刃有余。从组装家具，到泡茶料理，自上而下无不掌握。就连录制短视频，也轻轻松松获取大量关注。这让我更是不时把“都市丽人”挂在嘴上，这是令我满意的一个新化身，没别的可多说，我全心全意融入。

即使是偶尔在早晨烤面包时失神，或冲泡茶包时陷入溺水的境地，那时的我并没有丝毫察觉，有一道巨型的由枯骨筑成的篱笆正破土而出，意欲重新将我与我编造和扮演的角色无情隔开。

“天哪，你知道吗？今天下午警察来敲门了。”住在我正楼下的妮妮发消息给我，“他们说，我隔壁邻居昨天晚上跳楼了。”

就在那天早晨，我们一起出门乘电车上学时，她问我凌晨时有没有听见什么响动。

“吵死了，不知道又在发什么疯。好像有两个人在争吵，吵得特别厉害，还有拿头撞墙的声音。”妮妮向我询问，我说什么都没听见，不到午夜就沉沉睡去了。

经警察说明，那不是两个人的决斗，是一个人在死前最后制造出的挣扎的声响，也是不知情的人们怎样都会称之为噪音的声音。在那些混乱的，仿佛被动物的利爪撕得粉碎的声音碎片中，人们或恼怒或睡得香甜。这些声音最终全部停止了，停止在一个沉重的、沉默的坠落物试图撞开地面的画面里。深夜，大地发出了极为悲凉的一声呜咽。

我很庆幸妮妮没听到那个坠落的声音。这个声音仿佛是随着这个城市的约束变得微弱了。在日本人的公寓里，不仅没有什么声音，连碰面也不常有。仿佛你的邻居身上装有消声器，会自动在身后擦除脚印的外星生物，因而也根本不会记住哪个人的脸。而这个秃顶的中年男人，我们确实是见过很多次的，有一次还帮忘带门禁卡的我刷开楼下自动门，让我有机会直视他的脸庞。如若同样情况下遇到那位穿着A字裙的OL（办公室女职员），则会认定我行迹可疑，严厉呵斥我不该跟随进入，不然休怪她会失礼向警察提告。当然，就算在楼里再碰面十次，她恐怕也不会把你录入她的人脸识别系统。

这个中年男人，想来是个温淳的人，虽然脸上带着明显的忧郁，是谁都可以轻易知悉的。那无神的双眼只有接触到他人的目光时，才会短暂由阴天死寂的海聚拢成一瓶牛奶。只是突然聚焦这么一下，那杯牛奶就又被倒入海洋，将所有颜色和味道稀释得无影无踪。嘴角的抽动，有片刻会误以为他将展露笑容，然而再综合脸上其他器官所呈现的一派索然无味的沮丧景观，你将会肯定那抽动只是生理层面的震颤，如同解剖台上膝跳反射的青蛙。

“但谁不这样啊，这可是日本啊，还是无法相信，没有那么严重吧。”我一面心中思索着什么，一面在聊天对话框里输入着无关痛痒的文字。这时妮妮正在收拾她的东西，央求来我家住几天。“太可怕了，好瘆人啊。你收留我一星期吧，我可以睡沙发。”

“啧，这日本人净给人添麻烦。”我咂了咂嘴，些微不耐烦爬上眉梢。显然，在这个城市许多集体意识的浸染下，我也变得更像那个对坠落的死者横加指责的人。面对生命的逝去，我不是本能地感到那是生命最凄凉的一曲哀歌，而是觉得这影响了交通的节奏，或生活的便利。

我觉得我丧失了非常多珍贵的同情心。

大岛网，十分著名，刊载着日本诸多事件的部屋。打开页面后，呈现在眼前的是一张“着火”图标密布的东京地图，不断放大，这些火团便精准地落在了一个个具体的楼房上。

点开标示，菜单处出现了更加骇人且五花八门的注释：曾发生在此部屋的意外死亡明细。火灾，持刀伤害，抢劫，肢解，腐烂许久的独居老人。每一个笔画，都是租金巨大的折损。无论他们曾经以什么样的面貌生活，现如今他们都只是讨人厌的东西。

“好吓人！”谁听了大岛网的核心业务，都不免发出这样的感叹，最后只剩下了可怕。可怕，我要远离它。好像这些可怜的人生本意就是为了吓人。好像吓人的人，从前也不是人似的。

我随便刷新着大岛网的页面，我这里的见闻还没有被收录进去。

究竟哪里的景色发生了变化，我一时说不上来，但我像经历了中风，脚步开始偶尔出现些停顿。拎着买来的便当回家，走向公寓入口时，我会刻意把脚步放得很慢，一直低着头。实际上从楼下邻居坠亡的第二天，我就迈起了这样奇怪的步子。

如果是面向马路这边跳下来，那他当时就是在我脚下的这个位置，失去了意识，也变成一团骇人的肉块。他极大可能吓到了深夜路过的行人，于是作为惩戒，被什么机构鸣着笛拖走并清除了。

会有血迹留下吗？短短几个小时就可以清洗得这么干净吗？会不会在哪个夹缝里不小心留下些什么别的印记？……我低着头，用我近视的眼睛认真地进行地毯式搜索，但一无所获。

有时我还会在内部走廊探出头往下看。在楼的这一侧是片种有植物的窄小空地。如果从这里跳下去，一定会让这里的景观变得乱七八糟，可从一楼看起来什么也没变过，所以应该也不会是这边。我一直不停地在想：他究竟是从哪里、怎么样凭空消失在房间的？

那个房间里的各种家具杂物随后也被缓缓搬

出，摆放在走廊上，等待机构或相关人士的处理。对悲痛的亲属来说，将那一小摞文件提起来也许就会消耗身体全部的力气，因而一个踉跄跌在地上，在用双臂勉强撑出的那片天地，降下强烈且无声的大暴雨。

对苛刻的住民来说，这却极大地占用了公共面积，妨害了人们的行走。

那时是春天。在弥漫着花粉的混沌空气的阻隔之下，富士山还暂时不会露出它的面貌。但再过半年，就又可以看得清清楚楚了。为什么不再等等看呢？从窗口就能望见的富士山不美吗？

铃兰通路的名字不动听吗？路口精致的咖啡厅提供的黄油鸡肉咖喱不惹人回味吗？不远处那家越南河粉，随时飘着的汤头清甜的香气不够治愈吗？就连楼下拐角处便当店的炸猪排盖饭，不也物美价廉、醇香无比吗？

没过多久，妮妮就按照原计划回国了。我楼下仅有的两间房屋都迎来了彻底的空旷。

生活并没有发生什么变化。我向来胆子很

大，先不说是否相信有超自然的物质存在，即便是有，出现在我面前，我也得跟他掰扯一番。冤有头债有主，吓唬我算是怎么回事？况且，那么多社会恶性事件，我看桩桩都比恶鬼现身恐怖得多。正是这种思想，让我还是没事人一样，蹿动在我二十五平方米的小小公寓的每个角落。

偶尔电梯经过七楼的时候，代表我心灵的火苗会出现一两秒的颤动。那是种脚底空空的感觉，整个一层的空洞把我和楼下住民的世界完全隔开了。有时在生活中，我本能的空间感会像画圈一样把这两个什么也没有的房间包含进来，就会感到自身的热力有所减弱。

也许是受这种意识的指引，有些奇怪的事开始在夜晚发生了。我房间里的东西在第二天早上总会出现在它们不应该出现的地方，或者出现一些事物的痕迹，但我完全不记得有过相关的行为。小时候我梦游过，起来穿着衣服洗了澡都没醒。因此我觉得，要么是我记忆力衰退，要么就是又出现了梦游的行为。

“你要不要买个摄像头看看啊。”

跟朋友聊天时我分享了这一最新事态。

“我可不想自己吓自己，万一真录到点什么……说真的，录到什么有的没的并不可怕，可怕的是，那个鬼到头来是我自己。你想想，我突然对着镜头嘿嘿笑……”朋友连忙啐我，让我别说下去。

更恐怖的事还在后面。有天晚上我做了个梦，梦里我走进了一栋空荡荡的摩天大楼，要乘坐电梯到负几层。有几个人跟我从一楼进入，但是电梯是先向上走的，所以基本上快到顶楼的时候人都下完了，只剩两个拿着公文包的男人站在我前面。

然后到七楼，电梯门开了。这两个人同时回过头来对我意味深长地笑了一下，走了出去。

我还没来得及疑惑为什么他们没在上升的时候下去，这时显示楼层的那个屏幕就开始疯狂闪烁起来。一会儿是正数，一会儿是负数，时而抽着丝，时而变成乱码。突然，它变成了一个从我头顶处看过来的监视器。

电梯里，我的周围，全都是低着头的人，挤得满满当当。

我吓得坐了起来。

但这还不是我搬家的原因。噩梦对我来说也不是不熟悉的东西，有很长一段时间，我因为缺乏睡眠，被整整“鬼压床”了一年。想起那段时间，我唯一的感叹是：“真累啊！这么折腾一番，还不是得重新睡过去。都是些幺蛾子。”

所以不出两天，我就又忘了这梦魇所投下的阴影，回归到我的都市生活中。彼时我又受邀为时尚杂志拍摄一期专题，没有什么可以打扰我的青春靓丽。

拍摄是围绕着高圆寺站附近进行的，这里以大量古着及特色小店所闻名，可谓是逛街胜地。距离我住所非常近，所以我经常来逛，每一条街道都十分熟悉。在街道拍完了一些内容后，摄制团队决定去高圆寺的寺庙里补拍最后几张。

直到那时我才发现，高圆寺有一个寺庙是再正常不过的事。但我那么多次来来回回，从它的前面走过却从来没真正注意过。我以为那是一片仿古的建筑，以为在这个地名的词语里，“寺”只是一个随便什么东西的发音。

拍摄的造型也跟我平时的风格大相径庭，是套正式的西装，也是我从来不会尝试的“正经”穿搭。辅助道具是一个白色的面具，我抓着它在寺庙的庭院里走来走去，时而放在身前，时而遮住脸的一半。我想它表达的意思便是：在这张脸之下，可能掩藏着另外的灵魂。

拍摄顺利完成，所有人开心地聚在一起吃了大餐，然后各自回到住处。来来回回折腾了一天，我很快就睡下了。

半夜我忽然醒了。不是梦魇中似醒非醒的感觉，也不是被尿意催醒般迷迷糊糊，而是彻彻底底的清醒。伴随的是胃部的上方一种从未有过的奇怪灼烧感。我侧身朝向墙壁躺着，就在此时，我觉得我的背后，小阳台的位置，有什么东西出现在了那里。

可能是臆想或者错觉，可能是不新鲜的食材引发食物中毒，谁知道呢？我就那样生理性地觉得那个跳楼的中年男子站在了我的阳台上。

我被某种力量攫住，保持原封不动的姿势，在心里一直默念着："你想得到什么？有什么我可以帮忙的吗？为什么？"

我当然得不到回答，也感受不到任何意念，但不知为何，我觉得他的视线好像落在了房间的一个角落。那是我这个房间构造中被必要的承重柱所隔开，很难有什么用途的几十厘米见方的角落。我甚至觉得他逐渐走了过去，然后蹲了下来。我还是一动不动。

十几分钟后，所有异样的感觉悉数消失。我伸手把床头的灯打开，开了一整夜。

我离开了铃兰通路温馨的公寓，住进千岁乌山站较远处的某个一户建的二楼。其间我找过很多别的房子，但都遇到了种种原因，没能成功租下。这个房间虽然老旧，但空间很大，比之前的三倍还大些，价格也并没有比之前高出多少，所以没多想我就搬了进来。

住在这里后，城市生活发生了很大的转变。先前的地方，前后左右聚拢着各种各样的餐饮店和娱乐场所，大小超市一应俱全。乘坐电车前还可以常常衣着精致地去买杯咖啡，店员也会热情寒暄。现在，走出房门就是城市应急风格的老旧建筑，别说是个性小店和亲切店员，连近处大家最常去的超市都有种“供销社”的模样。

去“供销社”购买一人份的蔬菜，加上肉丸和蟹柳，倒入水后清淡调味，很快就能煮一锅大炖菜出来。因为去哪里都没有以前那么方便，所以我也渐渐懒得去哪儿闲逛。没过多久，深秋的凉意就席卷而来，于是采买和制作大炖菜就顺理成章逐渐成了日程的“主心骨”。吃完后碗都不想洗就钻进沙发里。

如果说大房间还有什么不同，那就是连浴缸都不同于通常公寓局促的规格，是略有些向下嵌入的圆形大浴缸。我本来以为我会在冬天来临时大泡特泡，没想到比起房间其他地方浴室更是冷得令人发指，甚至能呵出白汽。与此同时，我还听闻了一则都市传说：有个独居的日本老人在泡澡时去世，死在了浴缸里，全新智能的自动加热浴缸最终把老人炖成了一锅粥。

我想，这八成也是谁从大岛网上看来的。

除了要步行十五分钟才能到达的最近的车站，稍远的不同方向还有另外两个车站。去往其中一个要沿着被高架桥遮挡的树荫小路走一段，然后再走一段同样乡下风格的上下坡。另外一个，先是路过寺庙，后路过坟墓，然后有条笔直但也同样冷清的、画面极似丰都的道路。

每次出门我都会随机选择这三个车站中的一个。但无论是走哪一段路，那种异样和违和都是相等的。我觉得深深受骗，因为在任何的选择里我都看不见丝毫这座城市曾经展示给我的精美和繁华。虽然这是我自己的选择，东京也从未声称自己就是新宿和涩谷十字路口人声鼎沸的化身，但我还是没法不小声质疑，认为是自己做错了什么，才落得这般田地。没错，在我们这片都市区还真的能看见田地。

其间想当然还发生了些别的怪谈，大家只当是故事听听。

有一位关系很亲密的朋友来东京玩，借住在我这里。她那时一改往日的理性态度，带着十分罕见且汹涌澎湃的感情谈着一段恋爱。临行前刚巧闹了些不愉快，她来东京伊始就被阴云笼罩。

某天，这对怨侣隔着电话，远程对峙起来了。我的朋友的情绪再次受到极大冲击，不多时就出去跑步消解情绪了。本来就没在一起多久，引发冲突的也都是些旁人听起来鸡毛蒜皮的事。我们就顺理成章以为她这是终于想通了，舒坦了。

过一会儿她回来了，人不但没见好，反而双目呆滞，面色苍白，红红的眼眶像还沾带着些没干透的泪水。她说她刚才跑步的时候，本来挺好的，忽然，不知怎么的，注意到了街道和月亮。她看到那个情景，忽然就哭得稀里哗啦，心里难受得要命，还有个声音顺势对她说："不然就这么死了吧。"

她被这从没见过的自己吓坏了，我们当然也是。

出于对自己的了解和敏锐体察，她觉得这事非同小可，于是第二天就慌忙联系了"师父"为她瞧瞧。如她自己所料，几个师父不约而同都说她身上“有点东西”。

得知这样的结论，她反而释然了些，因为这意味着强烈的失控也许是因为别的因素干扰，之后也可以被有效清除。白天她看起来确实好了很多，只是有些虚弱。我坐在她对面吃早饭，忍不住把手机举起来拍她。

“你干吗？”

“我在拍女鬼呢，让我好好看看。”

这样的玩笑她能开心地笑出声，但好的状况不能一直持续，过一会儿又变得阴晴不定，胡思乱想。有一天我们相约去代官山的茑屋书店，刚进去一切如常，各自都有目标书籍就分开去找寻了。过了些时间，太阳已然落下，黑夜初露端倪，我已经完成了自己的任务。我来来回回走了几圈，却没有看到朋友的身影。

最后，我在一个非常边缘的角落找到了她。她没有在阅读，也没有做任何其他的动作。她只是呆呆地站在那里，双眼直勾勾盯住前方。

我冲过去“啪”地拍她，把她从某个世界一把拉了回来。她的那双眼睛，无比通红。

朋友回国之后，天变得更冷了，仿佛更加有理由蜷缩进被窝一隅挨过寒冬。那是我熟悉的方式。但我那时反而越来越常出门，并来来回回走那几条蒸腾着不祥之气的街道。我想我是有点生气：为什么这些地段不能挤出点好的地气迎接远方的宾客？为什么相邻的辖区，先前那所公寓所有人就住得舒适妥帖。越想越莫名奇妙的我甚至也学起了跑步，还专往那些漆黑的巷子里蹿。我倒是要看看，什么妖魔鬼怪能把我欺侮了。

然而随着我脚步的深入，内心反倒生出了别样的温馨和习惯。那些巷子里，有时候飘出很香的饭菜的味道，有时候回荡着悠扬的小提琴声，都是些寻常生活可爱的样貌。就算走在更深的寒冷的夜里，手握一杯便利店买来的热茶，坐在小公园里发发呆也感到闲适。我才发现有那么多小动物出没，还发现有很多成年男人实际上幼稚得要命，因为他们踢起石子实在就是小朋友的样子。

我还发现居民的楼房里隐藏着一间不起眼的面

包店，但它的所有面包都好吃得要命。还有我先前觉得破坏天际线景观的一大片电力铁塔，原来它们在绚烂的晚霞中，伴着风刮过树林所发出的簌簌声响，竟然可以比得上任何电影中青春动人的画面。

那时距我想要离开东京已经有一段时间了。在这个荒凉的街区居住，一度让这样的想法繁衍到茂盛的顶峰。我疑惑于为什么自己逐渐变得格格不入，怨恨自己遭到排挤，从感官上与环境不相宜。我还感到难过，因为这昭示着我又一个计划的落空，我原本想在这里用更长的时间起草更多生活的方案。

后来，当我以真实的视角环顾四周，我这些不适的感觉自然消失了。原来鞋子里一直硌脚的那颗石子，只是自我与幻想的生活之间尚未达成的和解。我早就注意到了这个城市的复杂性不是吗？在每个灯火闪耀的商街之外，显而易见铺满着寂静生活的集装箱，而每个不管再热闹的城市也都是这样。只是我一直不愿意承认，我所畅想的那令我鼓舞的、通往未来的生活，也无可避免地将在几个路口后与这样的氛围相交。没有什么人、事、物能轻易将我们抛弃，最容易抛弃自身的，恰恰是那些由你自己一手策划的幻想。

这是否也说明了，很多东西只要解开了那个结，就会像解除封印一样，变成清澈动人的模样。

我在二〇二〇年三月离开东京，那时“新冠”还没在世界范围大流行。很多朋友建议说不然再等等，但我早就下定决心，所以毅然决然地打包收整。把行李寄出去的第二天，日本邮政就关闭了运送通道。我大声称赞自己的好运。

与中介进行房屋交接，确认了一些事项。我跟着一行人前前后后确认，转了一圈回到玄关处，顶上的小拉门凭空变出了个空洞，一架袖珍的小梯子斜着伸下来。我一直以为在那背后是个黑漆漆的电路箱，或其他烦琐但没用的、永远不会被触碰的东西。没想到那里从来就是一个阁楼。

“我能上去看看吗？”我睁大眼睛，不知道是否有人已经检查了这里，只是充满了好奇心想爬上去看看。

“当然了。请……请……您小心啊。”中介人员帮我扶了扶梯子。

我立刻向上爬去。

多么明亮干净的一个阁楼啊。灰色的毛地毯显得整个空间十分整洁，只在靠边的位置摆放着三两个小杂物，所以整个空间一览无余。温暖的晨间阳光从尖角的窗户照进来，洒满了暖黄色的光。

“你有这样的意识，是因为你也是个不能够真正取悦别人的人。尽管他们现在不知道，但他们总会知道的。”秃顶的中年男人好像就站在这里，但现在他是用非常浑厚的嗓音说话，瞧不见一点怯懦。

“谢谢你，我已经知道了。”

我倒退着下了梯子。把东京生活的一切：佯装，设计，虚构的野心，欢声笑语，孤独，二十岁末梢的沮丧……把一切都留在那个阁楼上了。

“生命的痛苦常常突如其来，并且深入内里。但总是要面对的……”我脱下品牌的衣服，挂在衣柜里最不常“光顾”的边角，摘下的饰品随意地扔进防尘袋里。自从这种精神开始旺盛地冲破土地冒出头来，我便对形象的管理越来越“粗描淡写”，只有在特殊的场合为表示对仪式的尊重偶尔穿戴。

这些年我变了不少，总的来说就是越来越不讲究。我不知如何解释，也不奢求都市风尚的理解，我对自己这种讨厌劲儿了然于心。同时这也是我采取的一种方法，来提醒自己不管是物理上还是形而上，都要学会主动退出那些与你难以兼容的地界。

同时我越来越喜欢把想到的语句构建出来，甚至时常自言自语。比起吃穿住行，我更想关注人们是如何表达出他们心里的那个自己的。不过，真正与我聊这些话题的人也并不多。我想，也许我现在表现得太过激进，就像是人们打开门看到一个人，他莫名其妙微笑着，手中拿着传单马上就要传播他的信仰。这种情况，常常我们得赶在“不需要”三个字说完前，就抓紧把门摔上。“生命……”当下这个时代，大家不怎么谈论生命背后的故事。这不令人喜欢，怎么还不懂得闭嘴呢？

煮开一袋螺蛳粉，就连楼道里的人都会闻得到，忍不住大叫一句："闻起来真臭啊！"

据英国不知名报刊报道，某幢楼居民紧急报警，称疑有人在此处制作生化武器，气味相当恐怖，并使人产生流泪、打喷嚏的生理反应。后经查明，为某住户在熬制一大锅辣椒酱。

人类共同消灭的，是明晃晃的生理排泄。于是齐心协力把它们藏进了现代厕所，封印在地底下。而所有看似体面的生活，都悉数建立在这之上。

在这些共有的不宜宣讲的秘密之上，世界在它的两面发展出派别。有的人不宜地轻狂，傲慢，以为世界仅仅属于自己；有的人不宜地太过自卑，胆怯，以为自己不是世界的一分子。但更多时候，宜人不宜己，宜己却不宜人。对于事物来说也是一样的。口耳相传的事件可能是彻头彻尾的谎言，今日风光无限，他日锒铛入狱。尽享了科技的便利却回到原始的空虚。医疗美容虽好，心灵却已迈不动脚步。我们该把哪些方面单拎出来加以赏析，又该把哪些剩下的消灭和放逐呢？

事实上，没有什么更好的地段，除非你认为所有东西都可以靠一堵墙或几条路隔开。晦暗，肮脏，悲惨和恐怖，从来都是这栋巴别塔中挥之不去的话题。我们既无法逃开，也无法假装它们不存在。

做更好的判别，赢得进步，我想也是做人的一个相当艰难但重要的课题。不然为什么千百次大家重述的还是那句“做人难”呢。难的不是人类这个概念，而是成为其中的一分子真正去与这些概念交缠。生而为己，如何是好……

三维的物体在通过平面时只会留下一个截面，所以需要三个截面这个物体的形状才能完全确定。通过数学公式的推导，以及想象，我们获知有更高维度存在的可能。但至今没有什么重磅的迹象来帮我们真正了解四维空间产生的作用。

我们常常抗拒一些事物，觉得那些东西不吉利，不好，所以就不要再提了。趋吉避凶，是因为或多或少能够感受到外部世界朝向躯体施加的压力。与此同时，有时你心中会有种感觉，就像泡脚时感到身体里的寒气从每个关节散出那样的，觉得内心无力执掌的黑暗把身体挖了个洞，那股黑烟把周围的世界也染成了灰暗且不具生机的颜色。在这些作用力的不同配比下，人们消失和出生了。我们茫然，有时并不全是因为缺乏智慧，而是我们自始至终只能看到一些截面、一些片段，当然不敢妄加猜测宇宙空间和它的子民及万物那所有的来和去的模样。

医院里的气味，自始至终都是一样的。所有医院的味道都是一样的。不管是出生、受伤，疾病还是死亡，都是完完全全相同的血液和药物的味道。那味道有时候令人崩溃，有时候让所有人喜极而泣。但谁也不怀疑它就是这样，霸道地横贯生命的条条因果，从内而外包裹着无数人的命运。尽管我很确定，那不是什么特别宜人的味道。

你只能面对这种味道。你闻到了吗？不，其实你现在闻到的是别的味道。通往工作室的小径，那杂草丛生的通道，又有一朵不起眼的花正在开放。

你闻到的，也是它的味道。

# 咖啡和遗迹

手冲壶规则地在盛着咖啡粉末的滤壶上方画着圈，宛如一颗颗行星旋转的日常。

热杯之后，进行第一遍冲泡，在热力的烘焙之下，密实的咖啡粉膨胀着，拱成形如面包的圆顶。待它下沉片刻，便形成一个似陨石的空洞。从它的深处，弥散出咖啡满满的苦涩香气。

我并没有经常冲泡咖啡，还处在反复回忆及实践的阶段。所以每笨拙地做一步，我都需要在心里反复默念嘀咕，生怕遗忘哪些步骤，使我冲不出好喝的咖啡，丢了教我冲咖啡的师尊的颜面。

“教我冲咖啡的人可是很厉害的。我是个不大学得会技能的人，因为我老忘记下一步要做什么，所以真的全仰仗他反复示范指导……来，尝尝，我的手法，不错的。”我为前来做客的朋友冲着咖啡，“但是，我的师尊已经删除我了，我也删除了他，我们已经不再是朋友了。”

在教会我冲咖啡不久之后，我邀请师尊跟我同去一趟商务旅行。其实我们并没有认识很久，也没经常见面，认识的时候都是作为朋友的朋友们，参观朋友乡下的艺术空间。可能是因为乡间的自来熟氛围，以及共同吃了不知谁端上来的切好的西瓜，就很自然地交换了联络方式。

从平日的分享上，不难看出他的性格：爱好摄影与美食，爱好集物。大概应是敏感而甘甜的。虽然说爱好咖啡，但这一点点苦仿佛更多用于平衡和点缀。

只从社交媒体认识我的话，应该大多数人也会认定我是甜食型人格。这恐怕亦是很多人最初与我走近的原因。

因为其他的机缘，一来二去我与师尊更熟了些。他着实是个懂得享受的人，对各色美食相当熟悉及热衷，也做得一手好菜，我受之照拂极为享受。但同时我又觉得他并不那么享受，不仅因为他常为一些生活中的小事而显得饱受困扰，同时还遭受着较为严重的失眠困境。

但并无碍，基于这样的理解，以及我想要报答来自他美食指导的心愿，我仍然向他发出了旅行之邀。这是次相当好的旅行，所有事务都有人照应，只需要完成非常有限的一点摄影任务。

那当真是一趟美好的旅途，巍峨的雪山在隧道尽头和所有光线一起闯进了眼睛里鸿蒙初开的世界；夜晚抬起头，繁星仿佛浩瀚海洋里的巨大鱼群，一呼一吸间，万马千军。

大伙儿一定会想为什么，有什么戏剧化的原因致使事物快速向沉没的方向进展。但其实人事是最精微不过的，并不需要什么特别的理由便能使轻微颤抖的弦传导成毁灭性的大地震。这样的旅途难免会凸显人们性格的差异，大多数时候人们因这种差异而分崩离析。

可能对其他所有人，包括我来说，这样的工作即使是旅行，但仍是工作。认定了它的形式，我们便把人所自然产生的情绪统统放在了一边。而对他来说，更像是个在认真感受的小孩，所以他会因旅途而劳累、兴奋，以及疲倦。无论何时，我们却都像铜墙铁壁一样，颐指气使地表示“去工作”的时候，想必是十分可恶的。

旅行结束后，他给我打过一个简短的电话陈述和道歉，一些小事，不足挂齿。正因如此，我显得极不耐烦。面对既成过往却仍可能节外生枝的情况，我向来冷面如斯，所以非常缺乏同情心地说了几句“没关系，真的没关系”便结束了通话。

一段时间后，我偶然发现他取消了对我社交媒体的关注，我于是再查看朋友圈，发现那里只剩一条单薄的横线作为永恒的休止符。

没关系，真的没关系。我现在能说的，也还是这样的语句。无论我看起来有多笑意盈盈，实际上那都与甜食并没什么关系。我极少吃甜食、零食，口味清苦而平庸。真的没关系是因为，我没有更多余力去觉得那些事情有什么关系。

这不是一份告白，而是修订。修订的不是内容，而是曾经那样的口吻。

我每冲泡一杯咖啡，都夹杂着友谊曾留下的遗迹。我所反复念叨的步骤，并没有第二个人曾教给过我。

另外一位朋友推荐我可以用冲完的咖啡渣染纸，我于是把这些湿润的咖啡渣铺在富有肌理的纸张上，少顷，在它们周围便洇开了深浅、大小不一的波纹。随着时间的增加，那些纹理仍继续交织，变化。第二天，当一切固着了，像形成地貌那样，也形成了独一无二的漂亮的纸张。

这些式样的留存使我甘心于此，不会抓狂，也不再追问。离开的原因有很多……离开，从来都是蓄谋已久的，深刻的决定。它告诉我，表面的划痕没有自动愈合，而正是它引发的感染，使深层处的生命终结。

电影会播完，在那最后一个转折，银幕变黑，开始滚动字幕；唱片结束后，指针还在那里篆刻，却只徒有吱吱的白噪声，并乐此不疲。而我在这些间隙里，撰写完成我的墓志铭，挑选了喜爱的墓室风格，也离开我自己的身份撒手而去。

我们在云南藏区那个遥远的山端，许多天都没有找到像上海一样杯卖的咖啡，直到有一天，在景点旁发现一个后备厢支起的面包车咖啡店。我们欢乐地蜂拥而至，使得店主应接不暇，花了好久才做完我们所有人的咖啡。我们尽兴地举着这些冒着丝丝热气的魔法汤药，手舞足蹈地奔向下一处目的地……

这是我们友谊之中，我最后记住的场景。我将它放在影片最后一幕，然后放映结束。

数年前有个冬天，在伦敦海德公园的冬季漫游奇遇主题乐园，我自己粗心也好，工作人员疏忽也罢，反正结果是我荒谬地戴着顶西部风格的大檐帽就坐上了过山车。在爬升之后，即将激烈翻滚时，我突然意识到了这件事，但再也没有更好的办法。瞬间一个急转，帽子便滑落下来，在空中旋转着，飞走了。在那个高高的过山车上倒悬的奇怪视角里面，我真的觉得它飞得很远很远，很远，很远，远到我再也抓不住……远到我心都裂出细纹，差点流下泪来。

一圈一圈，一圈一圈翻滚着。不复相见。

我又手冲了咖啡，遵从过往的程序。也一圈一圈，一圈又一圈。

# 世间漫谈 其一

## 相信文字

我向来是相信文字的。

但很抱歉，相信它，并不因为认为它会对“在社会生活中恣意向前”有任何裨益，而是寻向反面，相信它会对我可能遭遇的，未来的一切失意兜底。

很早前，还在热衷于给自己取化名的年纪，就给自己取了叫作“却书”的名字，意为：“转而投入一种书写及绘画的方式。如果书写不动，绘画不了，干脆转投书籍本身也好”这样的想法。一来是出自对于转折词的喜爱，毋宁说，更喜爱它被强行安插在姓名中的那种拗口古怪之感。这种感觉，在我第一次听到“但丁”这个译名时，就已在心中被隐隐唤醒。二来，就是我丑陋的、畏缩之心的真实诉求：无论出落得何种形状，哪般零落微贱，也可最终为其所庇护，找到一份宝贵的、自然人的尊严。

我不是个记忆力好的人，或者说，我的记忆力被大量用在一些没用的场合。升初中后，我第一个变化不是迎来青春期的发育，而是顺便忘掉了小学时绝大部分事件和感受。高中，复忘初中。大学，继续忘怀……直到现在，恐怕差不多已“忘穿”整个学生时代。有次我坐出租车，广播里忽来一句：“大家应该都能说出十个小学同学的名字吧？”我心中讪笑回应：“这是当然的事吧！”直到脑海里张开的左手掰到第四根指头，忽来大便秘结之感。“应该总有个王超吧？得有！张鹏呢？有没有……”即便是祭出最常见的十个中文名大法，也于此止步不前，在出租车里，以一个普通乘客的面貌，经历了云淡风轻的内里死亡。

感官的记忆我反而有一些，而文字总贯穿在这些知觉里。我记得小的时候，我妈拉着我的手，在清明节淅淅沥沥的雨水里与我一起背诵唐诗。“清明时节雨纷纷，路上行人欲断魂”，应是她先起的头。我那时的视线起初在眼前的路上，然后我看了看她的手。那低矮的视线，记忆犹新。我也记得我在无人的晚自习教室，在本子上用浅蓝色圆珠笔随便书写着的“烟酰胺腺嘌呤二核苷酸磷酸”，因百无聊赖而紧盯着。然后倚靠在窗边，无不悲伤地想象我模考分数的排列组合。

记不住电影的情节，记得住一门并未学习过的外语台词；记不住大致的花销，记得住随机的无线网络密码。上帝在我记忆的家中肆意开关门窗。记不住小学同学的名字，却记得同样少年时与一位不知是谁，也不知道如何联系上的笔友通信：信中描述她如何独自在一间高层公寓中生活。我家一直住低矮的民房，彼时我甚至没有去过几次高楼，但我仿佛一直以她之眼亲见，一个高层转角处房间的生活。她尽力以一个小大人模样书写，我尽力感受那颗同样的，青少年彷徨易碎的心。

我记住她倚在走廊上，观看一大片火烧云许久。这些都通过她的文字，刻在了我的脑海里，致使我即便完全忘记她是谁，也坚定地获知着“我们是同一种人”这样的预言。并认定，我们将在不同的未来经历非常相似的人生。

说到底，是这些文字背后的世界构成了我凌乱的记忆。有时我认为它很糟糕，有时我把糟糕重新命名，叫作“暗波”。仿佛花之香气，虫之轨迹。亦如轻浅的笔痕，断断续续脱着墨，在笔尖发出不清楚的，犹如呢喃的念白，全都无法准确传述。我打趣它，嘲笑它，却毫不怀疑它的拣选。因为这些随机的排布，生成了现在的我。我相信它，便是我相信我。

“一粒米，将写了永夜的信封住。这微小的，可被你轻易剥离的沾着。”

曾写过的这首诗，鉴于从来不是写给谁，再忆起，更像是与生命对话。予它所有，我微不足道的热忱与坚信。坚信书写就是意志的戎装，相信人生拥有一粒米的光泽。

从前我来到世界上时，是个咿咿呀呀不会说话的。但未来离开的时候，不管何种场景，我已经可以挑选一个挚爱的词语，反复吞吐。这也是我由衷相信着的。

这个一直放在嘴边的词语，我们不然也选择“相信”吧。

## 被动的人

我是一张滤纸，作用是过滤盛放在我漏斗状生命之中的一切事物。如果只是摆放在那里，不过就是奇怪的纸罢了。不放东西进来，它就会一直那样。

你可能度过忙碌的一周，在工作和人事中周旋。可能你或你的家人身体欠佳，因而心情沮丧而沉重。你在闲暇时也与人分享，抱怨。大多是朋友，形形色色的朋友。你与新对象约会，讲旧的笑话和情话，一如既往暖心，你们很快扎进甜蜜的漩涡中。你与人群缠结，欣喜。你的生活可以排得很满很满。我一直觉得，只要我们想，每个人都能活得像永不完结的超长番剧，厚如高塔的长篇巨著。

只是偶尔，非常偶尔，当你走过回家的巷子，再向旁边一转的时候，你将有概率会想起我。我头像是不饱和的颜色，“在线”的脉搏也早已不再跳动。我学会了隐身术，一言不发的法术。但其实是，在你没有想起我的那千百万种场合里，你都是主动离开，并完全抹去了我的存在。你是法术的缔造者。

我不会真正发问的题目是：当你想到我时，你会疑惑我为何从不追逐吗?

我从不追逐。是因为这所有的一切，没有什么是我可以做的。就像承诺，难道被谁的信誓旦旦所保证?

离开的原因，大同小异。很简单的，你只是不需要再用这张滤纸过滤些什么别的了。

这是一个很明确的讯号，没什么比这个更加明晰的，能轻易被一张滤纸所理解的讯号了。

它叠放在自己的那个空间，一种奇怪的纸罢了。但它看得到你离去的背影。“祝你和你的一切都好。”它曾无数次说。

只是声音太小，很难被谁听到。

## 用生命灌注

我时常想到电影《时时刻刻》中伍尔夫独自的呢喃："It is possible to die."一辆汽车在我面前，很近的地方疾驶而过，在我路过医院看到病人蹒跚行步的时候，我都会想到这句话：死亡，是极有可能的。

这是一个引子，自青年起便盘桓在我脑海里的回声。过了很多年，经历了繁华都市的洗礼，热闹的夜生活，人群的簇拥，有关工作的"企图"和尝试……种种成功或者失败之后，我好像逐渐看到白纸背面浅浅笔痕写就的判词：因而我们要活着……

听起来简直毫不费力，只要活着的话……然后我们回望，才慢慢发现，这件从婴幼儿时期自然习得的事，突然有一天却凭空消失了。忙活，取代了生活，无法接受活着的其他形式。觉得生命必须是各种各样活动的切换，叠加。可生命不全是惬意的派对，极不规则。有时，甚至大多数时，都独自一人静若真空，静得可以听到发丝因心碎而掉落的声音。

假如就在此时，有神灵告诉你，这就是你生命的全部。从此不再产生新的剧情，不再有任何奖励、兑换和承诺，你还会热爱当下的生活，强烈渴望活着吗？还是说正在此时，你感觉到了急速地下坠。

我在日本时的一位朋友，周一至周五朝九晚五的普通社员，就连周末的业余活动时间也十分固定：会先在周六于教堂排练，然后在周日的弥撒时进行管风琴的演奏。当时我对“爱好”“团体”等名词所涵盖的意义并不全然知悉，只觉徒劳。觉得是耗时费力得不偿失的活计。直至有一次恰巧在附近，被顺道邀请去看看周六的练习演出，方才大为改观。那时，傍晚的阿佐谷星光渐起，居民区飘散着晚饭的馨香，已万家灯火。我遵循指导由侧门悄悄推门进入，在只开着几盏壁灯的无人的教堂，一段段远未达到流畅程度的旋律，悠扬地散逸而出。就是那个时空，被这生涩，但也具有开天辟地色彩的管风琴旋律牵引着，我转过身子。在我的背后，是正对教堂中央的一整块直插屋顶的彩色玻璃，它正散发着七色彩石创世的感动。而霎时我的眼中，也生出同样琉璃般，透明但五光十色的泪水……我们原来是如此笨拙、草率，但如此热烈地活着啊。

面对随时可能降临的死亡，只有用生命去灌注。这是我的，微小的感悟。所需其实不过一种，生命本有的，平凡而朴实的力量。亲爱的朋友，如今世界比以往更复杂，会有纷繁至极的事物诱使你，也许其中也包含你自己——去执着生命的收获。而生命更加广阔的荒芜，无人愿再与之相拥。但我相信，这样的背弃，才会被生命最终给予贫乏的评定，使之在时光的尽头空空伫立，一无所获。

“To know it for what it is, and then to put it away.（了解其本质，然后才舍得放下。）”爱好，责任，与人、与自然坦然面对，饱尝珍贵的孤独。我们因此而知道，也相信生命的本貌。这份相信，就是生命最好的赠予。

好好活着。意思是：知其本貌，负责任地活着。

## 积雪

你的心中有积雪吗？我听说有的人心中的雪永远也不会化。朋友的妈妈说，沿着积雪融化的地方，可以找到非常多营养丰富，且珍贵的食物材料。

那让我想起了生性并不太热情的你。从不倾向于将发生在身上的事情迫不及待说出口，急切地去吸附或释放，而是像观察慢慢飘落的雪花，等它们最终在树上和屋顶上着色，你才愿意描述这些事物降落在你身上的一点点感触。更多有关你的信息，我是通过你边角部分融化的形状所知晓的。

太阳从雪山背后升起，将它美而圣洁的轮廓勾勒得一览无余，那是人们喜欢看到的你的模样。但很多时候雪山是在默默崩塌着的，它抖落下来的沉重羽毛，拥有将事物摧毁的力量。我不想人们只是通过远观而错误估量你的重量，更不想让这种毁灭的场景最终发生在你身上。

等光照更强一点的时候，等月亮不再那么寒冷的时候，等火烧得更旺的时候，希望你也远远地看向我们这边。你会暖和一点吗？我希望你能暖和一点。

等你心中的积雪，也许终将融化的时候。那个时候，有些东西，让我们沿着积雪融化的地方，一起去寻找吧。

## 城市的孤独

夕阳西落，已经有肉眼难辨的小虫，慢慢盘旋在堆放精致的甜品碟中没吃完的甜品上空。累了，懒得交谈，更不知道谈些什么，因此按亮了手机，随便滑动几下就咯咯笑了。服务员站在远处，没有上前。虽然早已司空见惯，但他仍然忌惮这种真空的、丧失重力的深渊。

你最近有听到汽笛之外的声音吗？能清楚说出清脆的鸟叫声是从哪棵树上传来的吗？还是说，由于概念和数据输入的频率，远远超过了眨眼的速率，所以卡在了刷新的节点，因此放弃了思考与停驻。最优的选项是扎进乌黑的人群，一刻不停地，缓缓被推着向前走。

城市的脑波是否过强，因而导致人们失去应有的充足睡眠。按喇叭是不是打搅，装修是不是打搅，咳嗽和打喷嚏是否也应列入噪声的范畴？还是说你选择与之抗争，选择播放起吵闹的音乐，夜深了也拒绝睡眠。

心沉在寂静的流沙里，害怕如果不奔跑与嘶叫，就会连同所有一起跌进它中心的地狱。

十二万分的警备，一天多过一天。越来越少盯着谁的眼睛，怕忍不住流泪。

你又……感到累了吗？感到孤独吗？感到人群的远去吗？

困了吗？今天也能睡得好吗？你感到……

你感到与我一样吗？

## 敏感者

来说说我心目中，一个可以代表“敏感者”登上诺亚方舟的形象。

首先，她了解外部世界，且她可以站在完全不同的维度。有人熟知构造，明白定律。比如熟知月球的运行轨迹，以及表面坑洞的详细参数。而她则即刻在批注中用清秀的字迹补充：曾说月有桂宫，白兔看书，并附上一个笑脸的符号。看到这些字迹，你不禁觉得清风拂面，仿佛这清风中带有桂花独特的冷香。

其次，是她接受自己主观的论调，也在其中探寻公义。不管是谁，企图用外界的信息干扰，用规则约束，情感绑架，她都可以并愿意耐心梳理。

最终，内心坚实地、抑扬顿挫地表达自己的感受。如若登上方舟有一个关卡，以各种指标衡量评测登船者的资质，那么她将获得一条朴实但重磅的评价："最健康和饱满的心。"

别忽视你的这颗心！有的是人想窃取它。

## 蚂蚁搬家

过去的十年间，搬了太多次家。

区到市，市到省，一直到国与国。我不禁感慨，大水不仅仅只冲了公立的龙王庙，可能也连带冲了我私人的驿马星君；也不禁感叹，历经这万难，星际移民又有何惧？我这些长短里程的钢镚儿加起来，恐怕也足以换张星舰船票了。

带着不同的心情，疲惫、不舍，或满怀希望，那些不同过往时光里的，装载打包纸箱的车，在我眼前关上了厢门。汽车启动发出轰轰的声音，远处随意观望的居民，窗外向后退去的旧街景……这是名为“离开”的号角所吹出的基本旋律。它一吹，便预示又一个无足轻重的我的离开，预示下一个莫名其妙的他会填补进来。欣欣向荣的楼市像一块掉落在地的食物碎片，不一会儿就爬满了蚂蚁。这一只是哪一只来着？

其中有两次搬家印象深刻。其一是很久前在英国，初来乍到，从一处短租房搬往另一处。手握必备的公交无限乘套餐，怀揣着至高无上的——省钱的心愿，以及彼时还些微萦绕在侧的异乡认生之感，我最终选择了巴士搬家的方式。在此之前，我已乘坐几次，拣选出了人流稀少的时刻，并在附近行走，像老鼠穿梭管道般探查是否有可以穿越的街区捷径。发车表，太阳的位置，单行道，高低差……嘴里咕哝着，步伐是时走时停，被小路搞糊涂了，还需沉吟片刻……如果巴士站正在等车的那位戴头巾的女士，或杂货铺发呆的红胡子大爷，都是福尔摩斯的门徒，那么此时他们一定会犹豫是否该默默连线苏格兰场：坐标伦敦东区，疑似有贼人一枚。

还有就是最近一次的搬家，两处相距不到一千米，仿佛是专为蚂蚁搬家量身定制的距离。一箱子一麻袋，我在渐深的夜里，悄无声息，次第挪窝。说悄无声息着实是掩耳盗铃，令人发笑，因为行李箱的滚轮声应是寂静的夜里噪声贡献者的不二人选。破旧到已经开线的行李箱，说是“万向”，但总在某一角度卡顿。致使我行动笨拙的行李箱轱辘，被汗水浸湿沾染着臭味的T恤和油头，这诸多要素又使我绝不敢背弃“悄”的指示，拼命往路灯底下的树影里躲。我又再次充分融进了繁华大城市——精妙的地下道排水系统里。这灰头土脸，恐怕连最不市侩的星光与月亮，也不想费心将我照耀。

就是这些个不起眼的时刻，在仰起头大喘粗气，在不知道还有什么余力想些什么风花雪月的时候，我真变化成了某些毫不优雅的生物，当然，其中也包含着幼年的我。

那时我总是脏兮兮的，钟爱蹲在砖头堆砌的小径上，看零星的小蚂蚁无规则地走动。也许有一只，头顶一块食物，我疑惑它要往哪儿走，也想阻止它前进的脚步，便用手指横挡在它面前，对它来说这是好大一座山呢。却没想它只犹豫着试探了一下，就毅然决然轻易绕开了。我再挡，它依旧绕开……不理会，不气馁，不与障碍周旋，只是迈着坚毅的小步子，离我盘踞的位置越走越远。

跟朋友聊天，我说这次我“蚂蚁搬家”哟，她惊诧：“你不是每次都蚂蚁搬家吗？”

原来记忆不全面。当那些制式化的画面：打包纸箱，运送上车，车开走等等，我视觉中心的影像都被放置在一边的时候，无数这个视角外，别人视角里的我开始显形。众多背影仿佛匆忙闪烁的光斑，或挽起袋子，或怀抱电器，或拎起拉杆箱，布满了蚂蚁国度繁忙的大街。这些人类也顶着当头的食物残屑，想要绕开面前的阻滞，于是迈开了步子，自此在时间四处弯折的通道中，交叉而过，飞速漂流。

“小蚂蚁，快快回家吧。”还蹲在那里发呆的我，脚也麻了。

岁月这一端的我，也该回家了。

## 水逆不逆

水逆：水星逆行。占星学上表示，在水星逆行期间，容易出现信息错误及混乱的情况。

水逆期间的事：

球友订场地，网球场订成了羽毛球场。为表歉意，要请我喝杯热的东西。以前都是打完球就say bye（说再见），丝毫没有这样散步聊天的契机。因为双方每天的咖啡限额已用尽，所以点的是无咖啡因的，很甜的抹茶拿铁。平时我很少吃甜的，因此稀有地品尝一番，意外觉得非常不错。那天很冷，除了出乎意料却也自然的交际，甜食也给人相当温暖的氛围！

点盖浇饭，滑蛋牛肉错上成起司牛肉，我看着表面铺着的大片熔化的起司感到很疑惑，但又想着滑蛋是不是覆盖在它底下，一筷子挑起——哎呀，上错菜了。对这种事情我向来比较无所谓，所以只是想着跟服务员说明一下，然后就这样也没关系。过了一会儿，没想到她端来一份满满的牛肉滑蛋浇头。我竟然变作可以吃两种食物了！

不尽如人意不全是讨人厌的事对不对？有时候弯弯绕绕的路，走得才更有趣呢！

## 思考者

《楚门的世界》里，整个人生都是一场真人秀的楚门最终走出银幕，他说："为防我们今后无法再相遇，祝你早安、午安和晚安。"

《寒蝉鸣泣之时》里，死过无数次的魔女古手梨花在寒蝉噤声的午夜，坐在窗边吹着死亡前夕安静却肃杀的晚风。她摇晃着手中的酒杯，带着宿命般的神情望向黑暗深处。这一次与代表绝望的魔女之间的争斗她不知是否会再次败下阵来，迎接似乎必定到来的死亡结局。但明日的祭礼上，她还是会佯装可爱，做出一无所知状，然后登上祭台，第无数次浴血跳起祭奠的舞蹈。

《西部世界》里，西部小镇每天都起始于同样的钢琴声，同样的马啸，与接下来同样的流血斗争。有一些人活得天真而快乐，但有一天他们也都将不幸成为这部编排好的杀戮剧集的被害者。不过每当他们再度醒来，他们仍将忘记一切，并带着无知无畏的微笑操持起日复一日相同的生活。直到身为机器人的多洛瑞丝从心底流出眼泪，直到她不愿继续停留在这个狭窄的NPC（非玩家角色）世界里。

一切都是选择，我认为不思考的人因为不愿思考而选择了不思考，看不见的人也选择了不去看见。“这场残暴的欢愉将会有残暴的终章。”思考者们无论是以歇斯底里的语调，还是心灰意冷的态度，我想他们都会有类似这样的感觉，念出这类相似的对白。

但如果人们不介意呢？如果他们选择不向真理和真相迈进呢？——那我只能说，祝你早安，午安和晚安。

至于自己，我们得转过身去，心怀更加坚定的信念。如果我们最终不免会迎来全体的衰亡，那么至少我们曾努力捍卫那把需要被传承的钥匙。而只有这把钥匙，才有万分之一的机会打开未来的生存之门。如果我们无法做到，那我想，它也会顺着我们的所思所想传递出去，交到最合适的人手上。

“我是思考者，这便是我被生命委以的最重大的重任。”

## 傻子

小时候院子里有个叫武梅的傻子，虽然名字如此风雅，却是个四五十岁，如笨重的野兽一般的成年男子。

武梅并非生下来就是傻子，我依稀听爸妈说他小时候跟父母坐马车，没抱稳摔了下来，一下子摔坏了脑子。他的父母亲后来一个死了、一个重病，拉扯他长大，全靠一个没毛病的哥哥，但这哥哥后来也搬出去住了。

一件土不啦唧的中式厚袄子，与裤边早已磨损的烂棉裤，便是我印象中他从始至终的穿着。说他像野兽，其实只是因为手脚的不协调使他走起路来像是横冲直撞。除去这些，他其实就是个大小孩，经常摸着肚子对着不知道哪里就咧开嘴傻笑，会追地上的麻雀，也会摘些花花叶叶拿在手里转两下，眼中透露些许爱意。

他家最是恐怖，破破旧旧不说，还总是黑灯瞎火，没一点人的气息。我一直不太想知道在那样一间屋子里会有什么样的对话和故事，仿佛那里只存在着武梅幽灵般进进出出。他家门口还有棵无花果树，这树却不像后面的屋子反而一直生长得茂盛，果实也丰硕。院子里的小孩自然盯上了，成群结队去偷，武梅这下气得真的像野兽发狂了，拖着把破扫帚就出来追打。他手脚笨拙，跑得颠簸踉跄几番扑跌，没追上谁不说，还反被小孩子扔来的石块砸着。他气冲冲地回到黑屋子里，小孩觉得好玩又来惹弄，他又气得追出来……如此一来一回，小孩都围在他家外面笑得前仰后合。偷来的无花果越来越多，但谁吃呢？过会儿都扔在地上让它们烂掉罢了。

武梅就这样一直被当作无能的野兽，过着被戏弄到精疲力竭的人生。那些捉弄他的小孩自然长大了，离开了原来的生活，就像一个个看腻了同一场马戏的观众。后来我某个寒假回家，吃饭时爸妈漫不经心地跟我说，武梅失踪了。

据为数不多的几个目击者说，他迈着那不齐

整的步伐，傻傻的，一直朝城市北边的高坡处走去了。那里楼房变得稀疏，农田、荒林逐渐占据大片土地。北方的冬天会吹起刺骨的寒风，接着降下漫天初雪。有一切不利于一个傻子生存的条件，却唯独没有执意要找到这个傻子的人。也许他在哪里睡着了，死掉了，尸体被野狼野狗啃得干净，再被雪严严实实地掩盖了；又或许他被人贩子拐跑，随之被摘掉身体里健康的器官，然后像破败的仪器一样随便扔掉。总之他失踪了，在一个冬日里，只身一人，再也没能回来。

我没有跟谁说过这件事，主要因为我不知道要跟谁怎么去说。我们之间甚至好像没有发生过完整的对话。他有时候远远地跟我挥手，笑着在嘴里叨咕我的名字，我不知道他为什么知道我的名字，但我感到很尴尬，也无从回应，所以我总是笑笑就走开了。但即便是这样一个无人愿意理解及注目的傻子，他也不是什么一闪而过的黑影，而是一个实实在在存在过的人。不知怎么，我总是会想起他的脸和表情，然后这么简单的几个画面，就会让我的心脏遭受一阵巨大的冲击。我无数次忍不住往下想，想他转身背对这些人世的邪恶时，是否也会自然流下伤心的泪水；想我是否也曾经掷出过石子，对伤害他人的无耻行为感到十分快乐。并且那个人，是最微小、最脆弱的一个人。

有些眼泪是用来表达怜悯的，另外有些眼泪则被用来试图洗刷罪恶。我有天晚上走在路上，突然想起了这个傻子，两行泪忽然齐刷刷倾泻直下。我想在我的眼泪里，这两种意味都有。学会自知和反省，我花了太长时间，所以那些生命中的错事就早早地定格在永远的过去。我心中那种长久的歉疚，慢慢拼凑成一段反复播放的祷文。我忏悔着，忏悔曾经躲在恃强凌弱的劣习身后的我的懦弱；我也同时祈祷着，武梅会获得再一次体验人生的机会。

没有苦寒，没有黑暗。下次的人生，一定要像他的名字一样——彻头彻尾地盛放。

# Part 2

世上的一切，都是会变成琥珀的。

# 小豆子

晚餐时旁边桌的日本员工在开送别会，手捧鲜花的中年女士站在人们面前述说：“这漫长的十年间……”

她的声音轻柔，却洋溢着饱满的情绪，令我不由得注意到她的话语。

“漫长的十年间……”我的思绪也纷飞起来，十年确实是在弹指一挥间就把我放在现在这里了。那时我正处于从一个工科学生准备转读艺术的冲突阶段。我在风气相对保守的校园里，留着长度超过肩膀，漂白两次的金色长发。楼管阿姨们你一言我一语的打趣与同一幢楼的住民们的睥睨神色，共同彰显了这种冲突感。就连学校后街放学走过的小学生，都要成群结队追在我身后问我到底是男的女的。我既无奈又生气，同时觉得有些可笑，但最多的是感到一种尴尬。这样无可处置的尴尬让我一直低着头，假装听不见任何言语。也许对于我的校园生活我也抱持着同样的感受，认为那里存在很多追问和不理解，对于所有这些我应该回答吗？我又该回答些什么呢？

在思考这些事情的时候，我总是紧紧盯向墙角——那些布满灰尘和污垢的地方，然后我的眼睛也被传染了一种蒙上尘土的阴郁色彩。我带着这样有失公允的目光诠释我的生活，最终导致本该绚烂的颜色离谱地失真，它们所代表的美好校园生活的秩序也连带着四分五裂。我觉得我把色彩全都用在了画面的创作里，形成了别具风格的救赎。我大二的时候参加了艺术院校的预先面试讲谈，对大部分人来说这只是个随便听听的讲座活动，而那时我已经制作出完整的一本作品集。我绝非逞能，或有意显眼，因为我甚至不知道什么阶段该干什么。我只是绝望而不得要领地在纸张中乱撞。最终因为只有我一个人携带了作品集，于是我被请到讲台前，把作品放在胸前为大家翻看和展示，大块绚丽的色彩随之赢得了面试导师的赞赏。她说朝着这个方向准备，我将在快毕业时不费力气地通过申请。在座的其他学生也鼓起掌，并在活动结束后纷纷过来询问我相关经验，仿佛我是十拿九稳的那类人。原来谁也没能看出，那些色彩来自沮丧，而那种自信来自什么也不相信。

我品味着眼前的熔岩巧克力蛋糕，继续在遐思中游荡，觉得这漫长的时间里一定有很多人错看我了。比如那位最青睐我的导师，她不仅确实轻易地通过了我的面试，还大加鼓励我应该确信自己是天生的艺术家。即使后来我们没怎么见过面，我仍在自己的一个获奖项目中看到了评委名单中赫然写着她的名字。她一定觉得我就是那个面试时穿着节庆感图案的厚毛衣搭配短裤的，长发翩翩的可爱男孩，是矮墙向阳的那侧摆放的一排排美丽花盆中的一个。认为我懂得在光明中思考和发声，懂得汲取能量步步攀升。其实，我不过是花盆底下怯怯的西瓜虫，只擅长以坚决防卫的姿态把自己蜷成球。

到今天，我仍然很擅长所有形式的防卫。不过漫长的十年间，我早已懂得在我有限的领域里，自得其所地露出肚皮晒太阳了。不凝望墙角，也不刻意依恋墙角，我该把世界正确的颜色归还给自己。也许如此一来，我便也能自然地把这些颜色献给曾不吝欣赏我的那些人。

“十年间经过几次航路的调整，终于在这个节点，我要回到日本了。”捧着鲜花的女士用她自有的坚定语调继续说着。她面色红润，笑容灿烂，眼角却好像卷着些细碎的钻石。

“我更加喜欢小豆子一般的自己，小胳膊小腿，结结实实。不轻易飘飘然，但在水里躺十余个小时又可以乖乖泡开……”我想象着卡通的场景，露出不易察觉的一丁点微笑。

明天的明天叫作后天，昨天的昨天如繁星点点。

这漫长的……不！丰盈的人生！

# 何日是读书日

常有人问我有何书推荐，我时下总会不自觉想到两个场景：一个是面对着同学录中的几栏“你最喜欢的……”条目由衷地感到无所适从；另一个是在伟人的书房里踱步，一边惊叹、折服，一边羞愧不已。

一言以蔽之：才疏学浅，涉猎有限，不敢大摇大摆。所以通常只说说当时正在读的书籍，并概括二三。

大概是从两年前的秋季开始，我才开始培养起每天看书的习惯。我并不把自己归为很爱看书的一类人，因为容易刚读没几行字，就陷入思考和想象的风波里。看似在读书，坐得住，但其实心思早已不知飞到哪里。手上的书页，翻得可慢呢。

刚开始，很容易因为各种事而忘记这个由自己设立并无人监管的规定。有时候已经关了灯闭了眼，想起来复又打开了灯。更甚者，酒后酣畅夜归，也得完成任务。在理智随时即将消失的悬崖边，掰开眼睛看面前文字成为鬼打墙的迷宫，读不通，读不懂，完蛋又要从头开始……直到睡着了，手里还握着书呢。

每天四页书是我为自己设定的最低限度，心血来潮就多读，不设上限。等到冬天的厚被子换去，春天的雨水滋润出新的绿意，桌上已经叠起相当厚度的书籍了。

每当有人问我最近在读什么书，现在的我都可以马上列举。这是件彻头彻尾的寻常事，但在我心目中却是很具有里程碑式的，巨大的成长和收获。

我从心底感到在我的门前流淌着一条富饶的河流，我并不是每天都能从中获得什么惊人的顿悟，大多数时候我只是捕捉到只言片语，及一些杂乱的篇章。但我每天都在以此方式试图用不大的网兜捕捞些什么。没什么事干，我就自然捧起一本书；寂寞难耐，孤芳难赏，我就又拿起另一本。

当一个制式化的行为我却并不认之为徒劳时，那我想它就应被重新命名，比如说是“追求永恒的热情激昂的脚步”。

不起眼的生活虽以迟缓的姿态匍匐着，内心却闪着磷光挥动着翅膀。我以这种方式，也去到了很多连自己也意想不到的地方。

所以我想把话题从“读什么书”转向“我们何时读书”。

同名日影里，一辈子住在小城里的送牛奶的女人，每天早晨的同一时间，把空的玻璃瓶回收，换上新的新鲜牛奶。因为种种原因，与相爱的人互相遥望却形如陌生。这样的隔绝，从青少年时起，贯穿至她中年的尾端。

终于有一天，他来到她的房间，这个极普通的送牛奶的女人，在超市收银的女人，卧室里被填得满满的书架高耸得像要戳进房顶。他震惊了。

然后迅速又戏剧化的，他因故失去了生命。所有的忍耐、希望，迎来了那短暂一瞬的朝霞，又如电光一般离她而去。邻人怅然地问她，接下来有什么打算。人们正常地觉得，在这样的时刻难免六神无主，难免崩塌。

“先回家读书吧。”她回答着，转过身去。那是像往常一样的，清晨送完牛奶后离去的背影。

有些读书的时候我会恍惚，觉得这样的描述我仿佛在别的作家的笔下也见到过。不全是相似的描述，但那所想要勾勒的背后的曲线，是一致的。

所以那也使我深刻地觉得，人类的各种智识都汇集在一片拥有许多相似树木的丛林里，无论你被哪一棵树吸引，你都将顺应它的方位进入这片丛林。

而这里的真理似乎预示着：你不一定需要哪种特定的知识，被什么特定的心灵共鸣所救赎。只要你来到这里，你就会真正见到文明和它内里的驱动。这里每一个深思熟虑的灵魂，不是谈资，不是展示物，而是与你紧紧连接在一起的，亲密的存在。提醒你，那个真正告慰你个人情愫的，反而是某个更大更抽象的集合。

“因为我面前的每本书都体现了同样的命运规则，同样的冒险精神，它主宰着人的生活，但它的来源是人类生活的某些基本法则。这是拯救、保护和幸福的条件。”

我丝毫不怀疑人们读书的动机是为了寻求某种别样的，难以言明的庇护。正如需求本身难以量化一样，其实我们很难确定哪些书是自己真正需要的。读书的意义也许更多是在这个举动中，而非内容中反复体验和找寻。

尽管这看起来是那样简单的一个动作，似乎不足以代表其背后所具有的伟大魅力，我仍建议大家时不时翻开书。手边的书，商店里的书，朋友家里的书，这样那样的书……那片丛林便会以意想不到的形式，慢慢在对岸幻化成形。

它是虚构的，使之建立的文字也是虚构的，但两者以负负得正的形式构成了某种真实，会让人们看到实实在在的生活里到底哪些东西才是真的虚构。这样的启发使我们能够脚踏实地，给许多事物以淡然、坚实的回应。

“何日是读书日？我该读什么书？”

请允许我答非所问。

“不再问自己，何日是读书日的时候，你也一定会知道，下一本你想读怎样的书。”

# 脱敏记

## 坏皮肤的诅咒

我从高中起，罹患慢性荨麻疹好几年，现如今我仍然觉得这是我曾经历过的糟糕感受中排行前几名的存在。

第一次发病的感觉我还记得，觉得只是哪个关节或部位受了风寒在身体里出不去了，因为无法出去，就像飞进一幢楼的鸟一样开始疯狂乱撞。这时，从头到脚都有种被刺扎的感觉。然后，那股风寒刺穿了我颈部的毛孔，一泻而出。我的脖子因此而马上剧烈地瘙痒起来，并同时长出了一两个蚊子包样的小红疙瘩。下意识用手去挠，非但没有感觉更好，还引发了更多皮肤区域的溃烂。三三两两的肿包迅速像雨后的蜗牛那样冒出来，顷刻间布满整个颈部。这还不算完，小包们会逐渐扩大、靠拢，最终形成一片巨大的凸起物，我的下巴到肩膀因此完全肿了起来。痒并没有完全消退，此刻又新增了一种异样的疼痛感。

虽然有些被吓到，但一开始我不以为意，遵医嘱服用了抗敏药物，没过多久就恢复了正常。糟糕的是皮肤却好像记住了这种感觉。没过几天的光景，我身上又再次长出了这些可怕的疹子，而这次，身体里的寒意随机刺穿的是其他部位。我仍然使用同样的药物压制，以此往复。一段时间后发现收效颇差，非但没有抑制住病情，疹子出现的频率还越来越高……直至第一种药物基本宣布失效，我才彻底慌了神。

这一慌神，身体也像收到了兵败的信号，彻底溃不成军。我经历了一段三天两头就被荨麻疹侵袭的日子，并必须在有那种瘙痒感觉的时候立即服药，才能抑制住大规模的肿包暴发。这是一种新药，效果不错，但劣势同样显著，会经常引发精神不济和嗜睡的症状。

我至今都极不愿想起那种带着嗜睡感学习生

活的情景。因为一直都很困，所以总是艰难地半睁着眼睛，导致我看到的世界都是模糊、缓慢和缺乏色彩的。也因为一直处于困倦的状态，我一度分不清现实和梦境。有时我觉得像早晨一样刚刚睡醒，却突然发现自己坐在教室里正在上课；有时觉得是时候关灯睡觉了，却惊觉自己其实此时正摇摇晃晃走在大马路上；有时我只是想趴在课桌上休息一会儿，却发现陷入昏迷，整个人身子下坠着进入梦魇里，怎么也起不来。直到今天，我还会做一种噩梦，在噩梦里我会不停地在不同时空里连续做彼此毫不相关的事，并且所有的画面模糊得看不清任何细节，而我也永远走不了直线。

一向不爱小题大做的我，没有请过多少假，也没诉过多少苦，顶多在日记里写下些有点沮丧的字句。我自认意志还算坚强，所以一直在忍耐。但随着高中课业逐渐繁重，我感到有些抵挡不住了。有一天晚上我异常疲倦，本想好好休息一番，但此时身体警笛又响起，背部迎来了一场疙瘩大暴发，导致整个后背全都肿起来了。我很累，但后背又痒又疼甚至连平躺也做不到，只好翻过身趴在那里。没有开灯的夜里，我的眼泪无声地喷涌而出，无法停止。我仿佛看到某个被放逐和受诅咒之人，在漆黑的地窖里独自等待死亡。而死亡对他来说丝毫没有小红帽划燃的火柴所散发的光芒，而是被遗忘的、彻底的黑暗。他的背部因诅咒而灼烧，溃烂的痛苦使他忍不住低声呻吟。他是在这种无尽的折磨中死去的。

情感爆发后，人仍然是会睡着的。我早就发现了这一点，因此我觉得没有什么是不能够接受的，睡眠会迫使你停止无谓的心灵挣扎。我总是会因为睡眠而变得平静一些。但有的平静不代表治愈，起码在那时，我的平静只是一种对于希望的完全放弃，是绝不再做任何无谓抵抗。

我后来甚至会自己用手指甲在敏感的皮肤上一道道慢慢划过去，不一会儿，那些痕迹就红肿起来。我会觉得我果然是个受诅咒的人，并带着这种自我认定的宿命感对接下来的瘙痒和疼痛漠不关心。我想，有什么更厉害的招数尽管使出来吧，反正我精神中的那个躯体已经被我自己捆绑在一张废弃医院的病床上一动不能动了。

任其肆虐几年后，我的荨麻疹意外消失了。准确地说，它找到了新的替身。

**鼻炎者**

我爸不是没带我做过过敏源测试，测试了一大遭，显示我只有对空气螨有一点点轻微的过敏，甚至根本算不上需要特别注意的。但就是这样，我身体仍然长期处在一种抗过敏的反应中。在我荨麻疹消失的几乎同时期，我开始患上过敏性鼻炎。

我嘲笑我身上的咒语，一会儿是风的法术，一会儿是水的法术。以为是更厉害的演化，没想到还不如以前。比起荨麻疹，鼻炎可真是孱弱太多的过敏症。虽然仍然会引发强烈不适，如头疼、眼涩，和不停分泌透明状鼻水，但比起瘙痒和明显的肿包，这实在是相当友好的生理反应了。

唯一厉害的恐怕是它发生的频率比先前还要高。得了鼻炎后，我几乎每天早上都是从好几个喷嚏开始，然后马上进入受诅咒的头昏脑涨的状态。我的鼻水反应同样相当绵长，通常会持续大半天。

用一张张卫生纸不停揩鼻涕，擦得鼻子都有种破掉的痛感。别人总会问，怎么你又感冒了。我说不是的，我是长期鼻炎。但我其实默默提示自己，这个思路不错，就把这当成永远不会好的小感冒吧。我这么想，觉得畅快许多。

比起荨麻疹，鼻炎的诅咒则采取的是细水长流的做派，在我身上停留了更长的时间，恐怕有近十年之久。如果问我相信什么，我会说这个咒语从来没有离开。我坚信它只是换了种身份，但仍然要对我不依不饶地产生诅咒力。我同时也相信，过敏症与身心的状态绝对有相当紧密的联系，不管是什么类型的法术，它都是向我内在某种虚弱的感觉首先发起攻击的。

那些总害怕不知何时会被突然攻击的忧虑，以及病症逐渐蔓延开来的无能为力，连同找不到病因的迷茫，认为自己不会被治愈的负面暗示，一起构成了无法撼动的病灶。它们会给你一种错误的信念，坚信有福德的人不会遭此罪过。后来我惊觉，原来过敏症使我的身心如此消极，原来我在潜移默化中觉得自己从来不够好，有大部分原因竟然是它造成的。

## 花斑癣的消失

我常与人说，北方，衣服晾在屋子里就会邦邦硬，而在上海，你却总会闻到一股发霉的味道，左闻闻，右嗅嗅，以至于最后不免闻闻自己，怀疑这才是那万物生霉的根源。

从来没经历过如此潮湿的夏天，所以我身上的花斑癣（俗称汗斑）愈发多显。从青春期的荨麻疹开始，这皮肤就从未给过我好脸色，现在又更换上了最新的涂装。好在这么多年的斗争里，已完全教予我与它相处的法门：态度端正，和平处之，唯八字尔。态度端正是指，你要认真寻方子，慎重对待；而和平处之则意为：你得深知，这上蹿下跳可能丁点儿用没有。我于是再次因循守旧，像一个认真做功课的小学生，每天起来，睡前，我都认真在身上搽好药膏，结果也可想而知：收效极微。

后来有一天不小心点进网上商城一个硫黄皂的页面，随便观览的时候，我突然冒出种很奇怪的念头和感受。那是种很难描述的释然，仿佛当即就有谁在我脑中扎立马步，指天发誓："从此，不管是什么花什么癣，什么木系的法术，我都不介意它开遍我全身。我要做的，只是随便用块什么圆圆的可爱肥皂，每天开开心心洗它个凉快罢了！"掷地之有声，让我大为惊诧之余，却不置可否地承接到，这安之若素的宣言中，一股强大的力量。

自拆开肥皂的包装起，我就不再擦药，就只用它洗澡。泡泡噗噗打满全身，淋浴后也不再检查斑癣的痕迹。一段时间后，身上都开始飘起股硫黄特有的、淡淡的臭味。又过了些时日，我惊奇地发现，这些真菌的痕迹正在模糊，甚至消失，只留下似浅浅茶渍的边缘，已很无所谓的样貌。第一反应还是笑笑：大猪蹄子也不知会咱们宿主一声，就跑去别的地方安营扎寨啦?!不对，难道说真的就这么离开我了?

同时我还豪置三根晾衣大铁杆，于每日清晨长枪短炮窗外出征，晒尽卧室贴身之物……年纪轻点刚来上海的时候，我可没少指摘晒衣文化影响市容。最近经常觉得，以前自己这个小笨蛋真敢点评，什么也不懂张口就来，也常常会为过去的偏见默默对着心中的忏悔室轻言抱歉——原谅这个在人类文化长河中只瞧过片叶的小刺头吧。原谅这个没见识的东西！原谅我的限制、我的不足。但你瞧，我这不也在永不气馁地努力磨得圆润嘛！

看似永不言弃，只有我自己知道，从始至终都是妥协。我一开始就妥协了，只是最初的妥协起始于怨恨，然后是麻木，而如今则化为一种亲近于自然的妥协，如花自飘零，水自长流。

在花斑模糊如茶渍的边缘里，在清晨混合着洗衣液、微风，以及我身上隐隐硫黄味的空气中，在沿着晾衣杆子看过去斑驳的树影里，在如油彩般绚烂的云彩转而变为暗涌的变幻莫测的夏日天空之上，在多么长时间与敏感的肌肤、身体的斗争和斡旋中……我感受到了生命都因长久而各色妥协，也以这种种负压的形态，而日臻不朽。那也正是我的身体所经历的，从敏感到脱敏的整个过程。

我也看到你我存在和事物发生的诸多必然：在飞起的鸟身上，在雨水溅起的涟漪间，在我因疾病而感到不适的那些生命时光里，我最终迎来与它们的离别。这离别也许早就是必然，它只是在等待某个显而易见，我却一直没能发现的契机。

## 琥珀

这些状况全部消失至今有一段时间了。夏天太热，我就脱了上衣打球，不仅晒得黑黑的，皮肤也久未如此清爽过。在我意识到真正自然而愉悦的平静之后，诅咒仿佛就彻底解除了。我没有太在意检查，夏天过去后，我再也看不到一点斑疹和发红的痕迹，也没有发现任何它再次转化为鼻炎或者别的什么疾病的迹象。那些诅咒悄无声息地不见了踪迹。医学也许会诊断说，是我经年的运动和作息调整，使得身体机能提升，抵抗力也随之升高。不过如果让我说，我会说是因为我已经学会用最好的方式体谅自己了。

“那是我在太阳之下低头默默流泪的原因，像海的深处源源不断渗出岩浆。”我常常轻声念叨着。

虽然无法给人看到，也无法准确传达，我仍然时不时感到这份脱离诅咒、重获新生的希望多么来之不易。这希望虽匿藏海底，但如熔岩热烈。很难观察到它的爆发，却在很深的底端始终喷涌着。

对于绝望和希望的共感，也因此随着时间的推移不断加剧，形成我内心薄薄的一层关切的底色。我能做的不多，但对于每一个病体，我都期望偶尔呼吸得到那种同样频率的吐息和波动。只是那样希望着，就让我偶尔忍不住暗自淌下眼泪。“我希望你不要流太多眼泪，我希望我能够替你流泪。”我想，这种美好的愿望正是疾病教给我的。

疾病会被治愈，哀伤将被遗忘。一切都会治愈，一切，也都被遗忘。但谁说这样的遗忘就不是一种彻底的保存呢？——它们在身后凝结，抬起头向前走吧。

因为世上的一切，都是会变成琥珀的。

# 外邦人

时隔多年，我再次认真端详童年时无数次来来回回经过的街道。走过一条家门前最常走的路，拐到小学，再从另一条平行的道路往回走。我震惊地发现，后面一条我已经完全无法勾勒它从前的模样。

没有废墟，没有残骸，没有一丝一毫可供召唤的记忆。也难怪，从我离开家在外生活到现在，已经超过十五个年头了。自从家里买了汽车以来，每次爸妈都是从机场接了我直接载回家，有时候开车经过也没觉得有什么不同。我又是个特别宅的人，因此直到离开，才会又这么原封不动被送去机场。我没怎么出门散过步，即使是散步也有点心不在焉。因为从宏观上远远望去，我总觉得所变化的，只是高楼多了些，人多了些，但一切都在变多，是城市发展中那些最正常和无聊的变化。却没想到其中与我有关的部分，不是在慢慢变少，而是早在某些时候就彻底消失不见了。

我毫不怀疑思乡是种有力的情感，也毫不怀疑并不是每个人都会被同等地施以这样的情感。我的先辈们，从全国不同的地方来到西部，几十年后，他们的口音、饮食习惯，对待事物的观念，都不断朝着这里平均的模型靠拢。当他们说落叶归根，说骨灰该带回的地方，脑海中渐渐浮现的不是早前真正的故土，而是脚下这片土地的山峦和湖泊。

我的爷爷来自遥远的福建，也因此成为我认知中“南方”的代表。即便我们家族还有其他很多人也来自版图上所定义的“南方”，却都比不上受过多年闽南语熏陶的我爷爷的口音那般“出众”。他口音温和，但个性却顽劣得像个儿童。在我的印象中，他瘦削的身子一直弓着，迈着不大但速度极快的步子，时刻都在走来走去。伴随的常常是哈哈大笑，或者气急败坏地嚷嚷，以及指头间那一个又一个烟蒂。

这当然是很直观的性情急躁的表现。我爸妈对此还有其他补充，说明了急躁所同时蕴含的优良品格：说我爷爷这人耿直，不懂迂回，但心很赤诚。假心假意的人情世故看不惯，耍权弄势的肮脏手段也要骂。结果别人就斗他，他这背井离乡，只身一人又斗不过别人，没法子只能佝偻起身子抽更多的烟。

我爷爷最后一次回他的故乡，我们一家人也跟着去了。乘坐的是两天三夜的绿皮火车，结果到了后不知过了几天，身子还觉着在随着火车摇晃呢。这山高路远，一去就待了差不多一个月。尽管这么充分的时间，我爷爷也没走完他的亲戚。或者说，没解决完他和亲戚间的那些意见及纠葛。直到我们先回去了，他还不知在哪个姑啊叔呀家里忙着神伤。诚然，他几乎全部的亲戚都在那里，而且个个都是许久没见过了。这仍然不是一个好的征兆，因为有很多事我们是可以先放在那里不解决的。除非预感到，今后可能不会再有那样的机会。

我爸妈嘱咐我，在电话里问问还在老家的爷爷身体上有没有什么不舒服。我爷爷高兴地跟我说身体很好，一切都很好。就是有点咳嗽。话音外，我听见呼啸的海风在他身旁簌簌直吹。我当时就有个画面在脑海里，看到他光着脚站在海边，过于宽大但十分清爽明亮的衬衫随风快活地飞舞。我认为那个当下的他是真正开心的。

“肺部的阴影是确认了吗？”我爸顺手接过电话，小声问了几句我不大听得明白的内容，然后挂掉了电话。这应该是我第一次听到“阴影”这个词语，运用在形容人体的脏器上。后来我知道，这是个糟糕的用法。

没过多久我爷爷就确诊了晚期肺癌。他去世后，就安葬在了这里。从此，这里也就真的变成了我们家人的故乡。

很长时间我没再想起亲人的死亡和土地之间的联系，尽管那是多么显而易见的一种关系。我爷爷去世的时候，我还是个小孩，因此我狡黠地将这一系列回忆统统收进了我童年的黑匣子里，集体称之为童年记忆。

近两年，我奶奶和姥姥也相继离世了。高龄的她们在任何意义上都算是寿终正寝，因此我没有过多悲伤。但有时，那个被尘封的匣子会忽然弹开，散落出一些让我难以忍受的碎屑。那些碎屑播放着画面，是我的祖辈们穿着病服躺在医院狭窄的单人床上无法翻身，神志不清的样子。也是一双双曾经鲜活的眼睛，如今有气无力地盯着我。接着忽然完全丢失了关于亲人的记忆，然后单方面熄灭了这支烛火的样子。那些画面，也和西北常常扬起的黄色沙尘翻搅在了一起，硌眼，刺鼻。

我也往好的方面想，把他们命运的图形看作是漂亮的螺旋形。打着弧圈，回落到不同的，但说到底是相同的一个新的"家"。我觉得这应该是件幸福的事。

从小我就认识、知道的那些人，大都离开了我们的老家属院，住进了不是太远的新的商业小区。每次回来我都会问问爸妈，这些人怎么样了，通常都会得到些详细的故事。当然，不管是从地理距离或是社会习俗的惯性，这些故事都不难被追踪和推测。显而易见的是，他们拥有着相似的图形。

如果让我描述自己的图形，可能会与之大相径庭。我的图形更像是古代战争片里乱箭横飞的模样。我想，这也应该是我总想躲着，不愿出现在旧街区任何人眼中的另外一个重要原因。毕竟突兀的图形会破坏画面的美感，不恰当的音符会扰乱整段旋律。连细胞都会产生排斥反应，巨噬细胞二话不说就会把这个侵略者嚼成碎屑。

到了中年我才越来越明晓，我曾经对生长的地方，对于周遭的感觉，竟然跟我的家人们是那么不同。这些长久围绕我的熟悉的事物，并不像它抚慰其他人那样，带给我亲切和温暖，而是让我一下就想到了“自我保全”这样的词。

什么时候人需要自我保全？我进而想到，无非是感觉到危险及可能受到伤害的时候。

我路过以前玩耍过的别的家属区，或者曾经的小学，努力伸着头去探寻和回忆那里是否有我真正受到过危险胁迫的确切事例。没有。

我发现，那种受迫的感觉，与其说是真实发生在自己或周围的不幸事件，倒不如说像是个古老的民俗传说，或者某种故事一开始就会描写的背景和基调。每一年我身上都会遍布新的伤疤，因为跟各种建筑残骸或报废的板材玩耍，是免不了剐剐蹭蹭的。我小时候摔倒，钢筋条直接从我嘴唇下方插进去，差点贯穿我的喉咙管；我姐姐在我妈妈没注意时从院子里公共的水泥洗衣台上翻滚下去，整个额头都绽开了花，鲜血像扒了皮一样淌了满脸。即便是后来，没有这些危险物品了，也有别的灾祸。我在玩家里的一把金属折叠椅时，椅子“啪”地合起来直接夹住我的大拇指，并把肉的部分完全切开露出了骨头。那时候的椅子有什么安全参数规定吗？有被认真考虑过边缘需要根据人体交互的可能而进行合理的钝化处理吗？也没有。那时的物质是基本的状态。人们需求的是“出现”，而不是“改良”。

时不时会听闻哪里发生了抢劫，哪个同学或者他们的爸妈遭到抢劫和殴打。很多扒手会在公交车或者市集出现，拿小刀把人的衣服或包划很大的口子。偶尔因为被发现，还会发生争斗或者更凶残的流血事件。报纸上和电视里铺天盖地报道的枪杀大案，那栋楼跟我们当时居住的所有单元楼都长得一模一样。镜头原始地探进去，从每一个不知被砍了多少刀的尸体上方缓慢掠过，毫不遮掩地叙述暴力和恐怖。我吓得不敢睡觉，每天都怕有人会从我房间连着的阳台上翻进来，把我们一家杀害。

危险和我们隔着距离，但没人怀疑它降临的可能性。可能是电视里还同时播放着歌舞、娱乐、童话故事，我也深深记住了这些。我觉得我从小就对文明有种深切的渴求，我认为只有它可以保证我的安全。

如果我不是一直这样刻意追寻的话，我常常想，已经早就在几百种可能性中失足，进而失去了自己的形状。我后来试图理解人们所说的“性格决定命运”，我认为它的意思不是说你是否会中彩票，走上哪种仕途，和谁情定终身，不是任何具体的状况或者事件排布的顺序，而是指向一道虚拟却异常坚固的防线，它阻止试图消解你内心图形的各种毒咒。

去年我体验了一个商业上可能会有合作的心理咨询项目，无论青少年时有怎样的我曾经可能会称之为灰暗的心灵体验，以及现如今心理学可能会确诊为疾病的问题，到如今的年龄，这些也早已在转化池中消解变为养分。因此，我提议我本人可以不用体验具体的咨询部分，而是着眼于内部环境、流程等方面进行介绍。不过，推荐人还是极力鼓励我参与。她说自己因此解开了特别大一个症结，是非常舒心的体验，无论如何要我试试。我盛情难却。

从现状聊起，我说了许多。过了一会儿，心理咨询师建议我谈谈小时候的事。

“看来你对现在要做的事情非常清楚。你说得很有条理，也完全能体现出你对于自己所认可的价值的追寻。我们来聊聊你的童年吧，我自己也有点好奇是什么引发了你向内的探索。”

“非常无聊。家里，学校，从家到学校，基本每一天都是这样的。我这么说，不是抱怨，也不是觉得无聊是件坏事。应该说从头到尾都是一种平常生活，但我觉得每个人应该都差不多是这样吧。”

“那么在这样的生活里，你会常常觉得乏味、没有指望吗？你那时候内心想的是什么？”

“嗯……不会。我好像一直相信，这只是一个阶段的生活，所以我认为我扮演好了自己的角色。等我完成它，我就会离开这里。”

我忘记自己没有告诉咨询师，我从小就感觉环绕在街区和周围的我们的生活是一个袖珍的沙盘模型。从路的这头到那头，横的路接上竖的路。去公园往那边走，去医院要坐那辆车。完成一件事所花费的时间是固定的，而打破常规的事件发生则需要相当苛刻的条件。后来我听很多朋友讲述，他们小时候也有相似的感受，觉得自己在一个拥有巨型幕布的舞台上演出“自我人生”剧集中的某个角色。

我从观察纸箱里的蚕宝宝、饲养小鸡，从鱼缸中的生物种群及鱼缸表面自己的影像不断变化的过程中，也许已经隐约开始觉得我们生活在同样观察和被观察的界限里。我不断重复从家走向学校的画面，不是某种更加精妙的行为，而是太过基础的简谐运动。

生活的单调，也意味着缺乏阻碍，以及打破阻碍的动力,同时也使得最普通不过的事情也变成了玩味的对象。“我真正觉得比较困难的是，”我继续跟咨询师说，“与这个场景中的其他人相处。”

“我不知道别的孩子是怎么开始关注这件事的，我好像从一开始就会关注到人们说话时的表情，微小的皱眉、眼神的躲避，会关注说话的音调，缓急。然后当我说出一句话，我总会预设对方如何应答。但得到回答是一回事，我知道他们心里其实很可能有另外一番演说。”说起自己的感知，我总是滔滔不绝。毕竟这是我逐条堆积并再三审阅了三十余年的心理材料，我可以随时来到其中任何的心灵节点。

“我因此知道，在另一张面孔之后，是另外一个世界。我之所以对你说，我很尊重任何别人的存在，我的意见只是我的意见，就是因为我知道没有人不拥有这个构造相似的世界。一旦有了这种感觉，你就不可能把自己的世界放在这些所有都是并排竖立的世界的上面。这是不可能的。”我说着，脑海中回忆起一些相当久远的沉思。

放学后有些孩子拐向不同的方向，那些画面映在我眼睛里，我感到他们一下子就要发生巨大改变。我从来不知道他们晚饭吃了什么，在家里又干了些什么，他们写作业时是什么状态。在他们拐向道路的另外一边后，一切我所知道的都戛然而止了。直到第二天，我又认识了这些人，重新熟悉起来。我是那么深刻感受到，很多小朋友带着他们整个的世界偏移开来的样子……我偷偷地跟在别的同学身后，想模拟他们的感受。走了一会儿我就害怕了，因为眼前的路是我不常走的，这些背影出现在这条路的样子我更没见到过。一切变得极度陌生，那种空间撕裂的感觉我不会忘的……

我快速回过神来："所以我内心其实一直不情愿和人对话，和人交往。那短暂的语句后所涵盖的整个世界的讯息，让我觉得特别累。"我接着说，重新从头发丝开始感觉我童年常伴左右的，却没怎么向任何人表露过的紧张。

走在故乡那条陌生的路上时我想，所有那些变化的事物背后能量的变化更是突然且剧烈。我同时感怀那个想法并不全面的自己，在不管是小到事件还是大到阶段的处境里，竟然创造出那么多化身，动用了那么多方式去应变。从前我并不怎么以这种方式思考青少年的事情，我倾向于觉得这些化身都是漫天飞舞的碎屑，彼此之间没有太多关联。我觉得我总是一下子就变成另外的样子，一下子手里有了坚实的盾牌来抵抗侵袭。这些剧烈变化的部分，我都称其为“成长”。我心目中的“成长”是个随机发生的瞬间动词。

我以前对人说“我小时候可不是这样”的时候，真的认为我身上发生了巨大的变化，或者事物在我身上引发了这种变化。但我现在觉得，我一直都是这个样子，连贯地存在着，只是那种连贯看起来是四散开的。我已经学会了更精确的描述法，如今拥有了可以把散落一地的钉珠全部穿起来的语言。

抗拒上幼儿园是我第一件“作品”，采取的是凶残狂野的手段来雕琢。起先我哭闹着不去，然后在地上赖着打滚，使得爸妈送我的短短一段路途变得十分艰难。再然后，他们一个人把我摁在自行车上，另一个人推着车走，我在挣扎之余忙着把脚往自行车轱辘里塞。初见自残的端倪。

费了九牛二虎之力好不容易送进去了，没安生几天，我就被幼儿园老师苦口婆心地劝退了。原因是：管不了，得闹出人命！

我当然不记得我是如何想到拿头撞墙这样惊人的方法来达成我的目的，但是三岁左右的我确确实实采取了这样激进的手段。说激进，是因为我不是慢慢走到墙边，在那里用头磕一下墙壁接着哇哇大哭引起注意。而是我趁着老师一不注意，就像疯子一样冲进幼儿园的小巷子，然后奔跑着用头死命地撞所有墙，像发出去的弹珠，来回往复冲击着阻挡它的障碍。这个阻碍最终如愿被冲破，我得到独自一人享受我童年最开始那几年的机会。

我也丝毫不记得我为什么那么不喜欢幼儿园，但我依稀记得的某些画面或多或少解释了这种倾向。就在我撞墙的时候——这我仍然记得，我用余光看了几眼我后面站着的其他小孩——他们一团团、一簇簇，已经形成了某种集合。在他们身上，生长出了和正在抓我的老师们同样的人类形状的外壳。这让他们看起来像是一堵黑压压的密不透风的墙。我则是个真正的智力低下者，并没有一丁点这样的觉悟，所以所有人看我的神情都非常不耐烦，而这样的不耐烦引发了我想消失的强烈愿望。

我爸妈拿出一张小时候我和我姐靠在一起站在沙发上的照片，说我外甥女跟我姐小时候简直像极了。我觉得确实很像，但我姐看起来比她女儿妩媚多了。再看到旁边的我，小小的黑眼珠不知道斜着在看哪儿，痴呆地嘟着嘴，一副愚蠢的样子。我说这还怪可爱的，我赶紧保存下来。

“你那时候是所有人里面最可爱的！最最可爱的！”我小姨高兴地插嘴说。

“不管谁来，你都会从草丛里，要不然哪个土堆后面钻出来，一张圆圆的脸沾着土呀，草呀。真的，多圆多圆一张脸，笑得可灿烂了！”

满足学龄要求后我上了一年学前班，然后进入小学。这次我没有展示出抵抗，也许是因为整齐的课桌、按时响起的铃声，以及所有这些制式化的东西营造出的规则感让人可以坦然地将自己躲藏其中。

缺乏幼儿园的科学训练所造成的后果是我对要求和任务极不敏感，会做作业，但不知道布置的作业是哪些。同时我觉得也因为没有和同学共同生活的经验，我很难自然地投入和谁的游戏、集体的活动。我总是在内心先反复捣鼓。我猜，从那时候开始，别人看我就有种说不出的讨厌劲儿。

有一天中午，上学途中有一个修路挖的大土坑，很多人沿着大坑边缘玩泥巴，还有些调皮地尝试着向坑里滑。这是我从小最熟悉的游乐项目，所以立马也加入其中，玩得不亦乐乎。眼看快到上课时间，有些同学已经在起身离开，我还蹲在那儿玩得撒不开手。这时，不知道谁冲过来从身后把我一把从坑边推了下去。在我四仰八叉滚下去的时候，才听见好几个人笑着跑开的声音。那又是个早有预谋的、恶意的“团伙作案”。

那个绝望的深坑是我童年时期深刻的一则寓言。当我在很深的泥坑里奋力向上爬时，骤雨急至。我不想迟到，但不仅爬不上去，刚洗干净的校服也早已沾满泥巴。雨越下越大，把泥巴瓦解成湿滑的沼泽，一踩就又滑下去。有好心人在洞口伸出手想拉我一把，但他们够不到我。时至深秋，当眼见最后几个人的影子都消失在边沿后，风雨并没有因此而怜惜，而是继续加力，把我吹打得六神无主。我流下了百般委屈的泪水，也没有什么办法，所以只想让时间在那一刻停止。

直到很久以后我才惊喜地发现，我的泪水总是因为羞愧和自责而产生。即使是那种有几万种正当的理由去怪罪别人的时候，我也只是想把自己埋在某个坑里，彻彻底底地藏起来。藏在帘子后面，藏进大衣柜里，为受到伤害的自己放声哭泣，仅此而已。即使我伪装出了仇恨，但我内心其实并没有那种东西，我的仇恨是自我怜惜的另一种伪装。

也许是未来的我拯救了自己呢？是我现在的发现返回过去找到了自己吗？说不定真的是那样。因为突然就在一个响指的时间后，我在原地苏醒过来。雨水和泥土的味道重新变得客观，它们的洗刷、沾染再次回归物理和自然的现象。它们不是在伤害我，而是让事物的本质重新显露："我赋予事物意义，所以由我来判定自己是否被吞没。"

深呼吸。我变得镇定，没费什么力气就爬了出去。

寓言的启发仍然在那一天持续着。说来好笑，那天我所有的外裤刚巧都被洗了，没别的干净裤子，所以我穿了条颜色鲜艳的毛裤就去上学了。毛裤脚踝到小腿还有另外一小截其他颜色，因为它是用旧的毛裤加织而成的。

我重新撑伞走在因迟到而得以不与任何学生共享的那条路，早已排干眼泪。现在的我悠然地迟着到，步履轻盈。路上有人看我，我甚至觉得那是因为我身着不同寻常的演出服装，独有乐趣。一整个下午，包括从教室外推门而入引得大家哄笑的场面，我都是发自内心同样乐在其中的。

我于是拥有了一种能力，一种转化事物氛围并使人发笑的能力。

二〇一八年，我在网络上因分享搞笑视频被很多人认识。我原封不动运用的，正是那个时候就学会的能力。

现在，千禧年后出生的孩子已经全面展示在大众的视野里。他们童年的时代，我们所处的世界发生了比以前都要剧烈得多的改变。这种改变恰巧与我这一时代人的青春期重叠在一起。互联网的发展和普及，伴随着个人电脑在市场上人气的飙升，瞬间使得天南地北各式各样的人通过彼时还在使用电话线拨号的网络连接起来。

我最喜爱的事情就是扮演各种身份进入门户网站的公共聊天室。在那里，我感到以往所困扰我的“人背后的世界”在融化消失，取而代之的是一个共有的世界和许多没有外形的灵魂。在那个时候，最能代表一个人的是他的用户名。

当然，我并不天真地认为这就是真实。我自己就一直在编造虚假信息，跟我聊天的人所说的话也肉眼可见地不可相信。我为之全心全意着迷的，是它所传递出的某种“毫无阻碍”“畅所欲言”的气质。比起现实，这种气质更加符合我一直以来的希望，希望人们的交流可以进化到这个方向。我也因此着迷于自己创造这样一个家园。我从研究代码和软件开始，花了几年时间，最终搭建起自己的网站和论坛。

修改代码，上传到服务器，成功后刷新页面就能看到改变。网站出现的过程也就像是一砖一瓦建起一座家园，申请的域名提供了魔法般瞬间找到你的路径，顺着它来到你门前。通过这种方式，我逐渐了解了一些人，建立了更深的联系。有的交换了通信方式，有的留下电话号码。这种自然而然的，由内部向外部扩展的交际方式，使我感到很轻松。

但现实的生活却没有延续这样轻松的基调，现实的青春意味着外在的那层罩子变得越来越坚硬。这种坚硬的获得以损失韧性作为代价，时不时就从中脆裂开来，引发地表灾难性的活动。我更加害怕现实中这个阶段我周围的人，他们语焉不详，眼神闪躲，比从前更加难于了解。有时候我几乎确定眼前的人们对我怀揣着善意，但一转头他们马上可以用非常肮脏的字眼对我进行嘲讽。我不理解，也不知道该相信哪些方面。我一直以来的推理越来越得以证实：那些背后的世界也随着人年龄的增长而愈发膨胀。如果它意图抢占我们的世界，就可以把外在的那个人撕得粉碎。

二〇〇八年左右，我高中生活的末尾，我曾经一直感觉到的制式化的角色扮演即将落下帷幕。直到那时候我才发现，自己对于未来是多么缺乏了解和规划。尽管常常上网，但我所获取的大量信息中并没有别的城市的细节，没有热门景观，没有生活方式，没有任何对未来提供积极启发和美好想象的东西。我甚至不知道有哪些大学，在大学里设置有哪些专业。而这些全都在报考书籍里被分门别类，仿佛这些复杂的头衔就足以说明一切。我不得不再次直面自己的低能。

我第一次对观察的心态产生抵触。那段时间，我甚至是单纯害怕看到周围的同学展示出快活和漫不经心。只要我抬头看到校园的景观，或者人头攒动，头就会一阵阵眩晕。接着耳边出现某种弦乐器不断上升到刺耳音阶的蜂鸣，与此同时心也一直向嗓子提。当提升和紧缩到某个顶点，又毫无防备地“咕咚”一声砸下去，这个时候我就会很想呕吐。

“所以你在青春期，也并没有遇到什么特别的问题对吗？如你所说，一切都没有发生太大变化。”随着聊天的进展，我们慢慢拾起更多我生命中的篇章。

如果我所想到的这些算是问题，那它们该算什么样的问题？是突变的问题、过载的问题，或者掉线的问题？也许曾经我会用很长的篇章来描述这看似艰难的心理状态，但现在我觉得，这只不过是一点小小的神经官能过敏症，打个喷嚏就会好。

“是没什么值得说的。”我轻描淡写地略过了。

我在旧街道有限的沙盘模型里来来回回穿梭。少数例外的时候，我也会骑车去稍远的地方，然后停下来发一会儿呆。我想，只有这些灰色的模型方块见证过我的迷惘。我想，很早就意识到人背后的世界，也从侧面敦促我早早地就把自己那份藏起来，不露出任何痕迹和端倪。就连街道也只是因为看到过我那种不太自在的表情、沉重的步伐，和围绕在我周围的阴云，以此推断出那种迷惘存在的可能性。不是这样吗？

蚕宝宝在纸箱里会无聊吗？

动物园里的野生动物看到游客时在想些什么？

只有人类拥有智能吗？我们是不是得先限定“智能”的范围。什么样的东西可以称为智能，情绪算不算智能？对生物电流的反应算不算智能？动植物能产生情绪吗？如果有，谁可以准确描绘出那是怎样的情绪？你所描绘的有谁可以为你证实吗？

我们作为观察者的时候，觉得已经将生命的

奥秘尽数掌握。其实再多向真实迈进一步就会发现……我们什么也观测不到，我们获知一切都需要猜测。与我们对视的那个视线里的世界，我们永远无法进入。

所以我不敢断言昆虫的一生是无所收获的，不敢断言鱼缸里消失的鱼一定是被其他鱼吃掉了。或许它选择在贝壳底下永远沉睡了，等它全部分解了你也没能发现。或者它跳出鱼缸逃逸了，或者即使是被吃掉，那也出自它本身的选择——它请求另外一条鱼吃掉它。

你可以无所不能地观察，但只有被观察者才有权利补充另外那部分意义。

我留长发一留就留了很多年，因为某天发现拨弄刘海用它遮住眼睛，我就什么都看不清楚了。

我变得迟钝、无所谓，想着会有导盲犬拉着我，或者有轮椅把我推走。我对自己说："随便吧，反正总会有别的关卡、别的模型。也不一定比现在好到哪儿去。"有趣的是，我因为估分填报志愿时的种种差错和机缘，最终去往福建——我爷爷的故乡上了大学。

即将开学前，我第二次来到这片土地。我跟这个地方的渊源除了我爷爷的世界对我造成的微弱影响，以及小时候来过一个月的短暂经历之外再无其他。我礼貌地拜会了亲戚们。虽然我已经没什么印象，经由我爸后来提醒：我的一位姑奶奶刚见到我，霎时便泪如雨下。她说我跟我爷爷长得简直一模一样。

虽然老家的人充满热情，总是邀请我去玩耍，但我直到毕业也没有再去。也许是我感受到，那多数都是对我故去爷爷的一种情感，而不是对我的。但我很高兴场景转化至此，让我把自己所携带的我爷爷的一部分气质，像他常常抽烟时吐出的“云彩”一样，以颗粒般微小细腻的方式，再次浮荡在那片土地之上。这是他最初的家乡，这里有看到他的影子也会潸然泪下的人。即使不是最终到达的地方，又有什么所谓呢？

我目前尚未参加过任何阶段的同学会，大学的时候甚至到毕业也没有加入班级群。不是为了凸显自己特别，也不是对集体有意见，而是我实在不擅长融入集体，也没有什么震撼人心的感言可以发表。如果说大学毕业就是真正成为社会人的标志，那我觉得对我来说这也标志着我一如既往的这种操行跟小时候以死相逼只为不上幼儿园的那个泼皮孩子并没什么不同。

这么自然地被忘却对我来说比较快活。

用过那么多种方法：暴力的、开悟的、消极的……我兜兜转转重新来到“以头抢地尔”的第一关。当我步入社会，又变成了本无一物的愣头青，然后其余关卡也一定会继续轮番出现在我面前。我刚刚收好的弹珠，又被一巴掌拍翻在地，在各个方面引发新的篇章。我也将再次起航，费心收集。机械运动罢了。

人们常说“性格决定命运”，性格可以凭空捏造吗？只要学习好的性格，假装为之，命运就会往好的方向发展，是这样吗？我觉得人只可能有一种命运，这唯一的命运就是找到他最真实的性格。

最近几年回到老家属院，偶尔碰到几个儿时的叔叔阿姨。我发现曾经记忆中的中年人已经彻头彻尾地老去了，可不是嘛，我都已经快要三十五岁了！前些年我梳洗得干净些，油头粉面，他们打趣地夸我又高又帅；这次我胡子拉碴，有个阿姨让我摘下口罩看看。我搞怪地忽然把口罩往下一拉，她笑着惊呼“哎呀”一声：怎么留胡子了！不好不好，快，赶紧刮了去。

他们见过儿童时期的我，与每一次回家都不断变换着样貌的我，正如同我也会感叹他们“突然”老去一样，发出这些感叹都是有所根据的。这个依据，与旧街道事物的消失和出现同样掷地有声。时间带走了皮肤细胞的养分，我们的外形连同外部的壁垒一天天变得更加无足轻重。我为之留意许久的诸多暗藏的世界，反而向着我眯起的眼睛发射出黎明般的光彩。现在我不管听到什么语句，包含怎样的评价，我都觉得伴随着清晨青草的气息，我借由它重新回忆起人生。

人生再次如枝丫初绽。

当然，如果真的七嘴八舌议论起来，而且必须得到一个共同的结论，他们恐怕都会说我有点秀气、讲究，文绉绉的，不像是咱们这里出去的娃。我会忍不住哈哈大笑。难道不是真的吗？旧时环境的挤压，紧绷的太阳穴，从内而发的对抗；读书，离乡，常年在外；怪诞的造型，乱七八糟的外语。每一点一滴的动态都催促着老街道的气息压榨而出，但这些气息不会真的因此离去。我自然散布的，从头到脚都是我出生在这个街区就携带的气息。它的汤剂顺流到下个河岸。那个将要离开的外邦人双手捧起，甘之如饴。

“我觉得爸妈没人陪，真的很孤单。”有时会听到朋友发出这样的感叹。

“怎么就孤单了？人家老两口相互扶持有滋有味，不用伺候你也不用看你脸色，该吃吃，该玩玩。再照照镜子，你独自一人在外漂泊打拼，怕没钱没出息，怕年龄大了剩着，还敢可怜别人？哈哈哈。”我开着玩笑说。在我说这些话的同时，脑海中有些正在隐隐形成的图形，比如双星绕着某个虚拟的轴心转动着，它们的轨迹像一根绒线，拂动着海洋般温厚的蓝色光芒。

这些年我也渐渐不再迫切地要去哪里旅游了。以前我不停往外跑，在哪里都适应得很快。大家都觉得我能冲能闯，适合在外发展。其实我每次选择在哪个地方待着，内心怀揣的不确定跟那些表现出来的希望都是等量的。我从来不知道我会不会有配得上“安全降落”这种标牌的目的地。

蓝色的光芒跳动着，双星的转动能比拟很多甜美的人类关系。我最近在自己身上也看到这种虚拟轨迹的暗暗光幽，任由它缝合我的里外，编织出草帽和蓑衣——将我装点成一个稻草人。

我站立的地方，就是我的目的地。

一段时间后，我收到了心理咨询室的访谈回执。在邮件中，咨询师赞扬了我接下来对于事业、生活发展的规划。因为非常想要阐述清楚我是如何一步步发展的，不让听我说话的人犯迷糊，因此讲了很多事件背后的心理和我对事物的看法。我希望他明白我决意要做有益于他人的事情，不来自我本身富足，自我感觉良好，也不来自过人的本领、智识，及向外包揽的傲慢，而是懂得我及其他个体背后都有细微渺小的世界。帮助它们良好舒适地运行，免于被吞噬，便是为我们所有人维持了一种相当必要的平衡。这是我使命感的来源。

“很明显能够感知到你对自己的观察十分透彻。尽管你一直在说别人如果是在这种情况下，也理所应当会那么做，好像一切都是顺水推舟，是水到渠成，没什么特点，但我们都知道这中间是经过了一些曲折的。我在与你的对话中，也感受到了一种力量。我要很真诚地谢谢你。”

我现在已经是长长的脸了，随着年龄增长胡须变得又浓又长。但一向腮帮子里鼓气，它就又变得圆滚滚的。我知道我现在正这么做着，那一定是个最最开心可爱的笑脸。

一连好几天走在这段我儿时来来回回走过的街道上。下午我去咖啡厅写作，晚饭时候走同样的路回家。人行道上逆行的电动车开得飞快，差点撞到我的帆布包。我再朝四处看看，还有两三个别的不文明举动在周围发生。我姐说：“最近街道有点‘县里县气’的。”

其实这个说法正是确凿暗示了，有更多人正在涌进这片土地。未来他们将与这里更好地相融，成为镶嵌至深的住民。下次我再回来的时候，肯定会更认不清它的样子。

鱼缸里的热带鱼换了一批又一批。

“游啊游啊，游到其他地方。”怀着某种忽然加重的离别情绪，我慢慢抬头向楼房高处望去，接纳着落日的天空释放出暖暖的灰蓝色。这种样子的天空，我在太多地方抬头望见过，没什么足以记住的。如果只是看着它，我不会知道我现在是在哪个场景中。

远处那又是什么？一道线形的云？还是被风挟持的烟雾，飞机的尾巴？反正那东西在天的角落，画出了两边向上翘起的奇妙曲线。它似动非动，如衣摆漂荡在水中，看起来如此轻盈而又悠久。它现在正观察着我，不动声色地微笑着。也许它早就在那儿了，在比我出生前还更久远的时候，在宇宙的另一端，投入了这场观察活动。

红灯跳转绿灯，我再次机械地启动，在沙盘模型上行走起来。

它看着我，无疑我是个简单的生物。

它看着我，从不知道我在想些什么。

# 世间漫谈 其二

## 成为水

“be water（成为水）”“go with the flow（随波逐流）”等，是时下非常流行的说法。

从中可以见得，人们有种真切的渴望：拥有如水般收放自如的柔软身段。

不幸的是，就我的观察，不知是城市这个巨型钢筋茧房的包裹性太强，抑或是丰富的波频入侵引发脑部突变，我所眼见的多数现代人对这份人类命运的体察和哲思，大致上是变了味的。

所谓收放自如，着重的是其中的“放”，大放异彩光华，“收”之事务可缩减至最少或留由他人去做；“随波逐流”是可能的，前提是在“奢靡”和“放浪”的条件下进行，绝不得削减夜晚、酒精及香闺秘事的用度，万万不得搞错语境以为是谁真的流落路边，坐在马路牙子上啃食盒饭。流，要流到行业高处，流进富庶温柔乡。水！水是财富的象征。成为水，则仅指成为上游的水。

我所理解的水总是大相径庭的——它慢慢向下流淌。有时候它澎湃而往，有时是涓涓细流，有时在山石间被植物覆住，只能以声辨寻。它汇入大海成为万众，它结成冰以不动的姿态度过严冬，它蒸发、匿踪，却在不经意的夜晚降落荒漠，化为巴掌大的绿洲。

要成为它，就得接受成为一切形式，一切好与坏的总和。去一切地方，以微不足道无以辨认的一切的模样，去构成新的一切。它是这苍穹之下为数不多的真相，绝不是向放浪和颓废打出的那张借条。

如果你只想戏水，戴上墨镜，点几杯含酒精的饮料。只想在高楼泳池、迷情海岸线拍拍照，顺便在控温水池里泡个好澡……那你之意则极可能并不在于成为水——

而是成为水浴场和度假村的一名忠实会员。

## 大战AI

朋友指着一幅插画问另一个朋友："这是你创作的吗？"另一位朋友讪笑着说不是，而后补充说："但一看就知道是照着我的风格画的。"

这位朋友在业界十分出名，拥有自己成熟的画风，我也时常看到各种各样的仿制品。在这个话题前，我正在与那位发问的朋友闲聊。刚刚我还在说，对于创作这件事，我觉得一点意思也没有。当然，这话并没有夹杂着抱怨，也不含有什么批判，单纯是随口而出的一般句式。就像是在转述新闻、天气，或者说自己肚子疼。

我忽然想到AI，便插话道："以后就跟AI说，照着这个风格给我出图，哪有什么它学不会的。没有谁抄谁，AI平等地抄袭一切，廉价的抄袭者也得被一锅端了。"

"被取代的远不仅仅是抄袭者。"我在心里

捂嘴笑，创作者包括我自己可是更先被取代的一分子。去年商业绘画上的比稿，我一个也没顺利通过。虽然甲方口头会奉承几句，心里肯定在想："这么没有性价比的东西我才不用！"转头兴许还把我的介绍文档扔给兼职，并叮嘱看看有没有什么剩余价值可以扒拉下来用用："有好的元素可以帮我抠出来，我下份文档可以用上。"我自知不是行业翘楚、中流砥柱，但也绝对不在末梢。所以我觉得，平均数的所谓"创意"都得被打包扔进垃圾桶。

如果我在小时候还没到千禧年的时候，有人跟我说公历二〇二四年，我可能会觉得那时的人再不济也该在空中骑摩托车了。就算没那么前卫但至少大家的风貌也应如科幻片中的科技铠甲那般锃亮鲜活。万万没想到，时至今日，两眼一黑，市场的需求反而变回"绝不出格"，只寻求一个基本动作；同辈人互相贴面耳语，所言的是："千万别花钱，好好活着。"我忍不住仰天大笑，原来新能源时代想要再次跟大家阐述并确认的事实还是："社会的资源没那么多，容不得你没有效率地活着！"原来真面目跟前面的所有世纪都并无二致。没有突如其来的生产力出路，只有亟待被消灭的低性价比平均值。

没什么进步，退步也说不上，反正大伙儿就跟着世界一圈一圈兜风呗，等着它哪天不想带你我了自然把咱们扔下车。我不仇恨AI，还觉得它是新的亮丽的风景线，时刻提醒着我，不要被眼花缭乱层出不穷的新玩意儿带偏，乱了阵脚。什么新型、尖端，高大上的，发明出来若是为了赚我口袋里为数不多的两个子儿，或者干脆是要消灭我把我一脚踢开的，那我可没什么好脸色。虽然在创意市场被取代，但仅仅是取代了一份工作。我难道不可以摇身一变，高举大旗表示——“这只是我个人的爱好，一种生活方式。无关经济好不好！别俗了！”这一招金蝉脱壳，狡兔三窟，也会杀得AI操盘者措手不及。

“你最近的艺术之路发展得如何？”偶尔大家会问。

“不怎么样，要转行了。”

“噢，哪个行业？”

“健身教练、家政育儿、水电工……太多黄金赛道，我还得随机抽样斟酌斟酌。”

说罢，我又想笑了。这笑容可是真真实实“饱含生机”，不来自哪个虚拟人物。因为深知拥有一具人类的躯体就是鄙人最大的本钱，什么高科技，什么新材料，想要修炼一副人身，可都得在我身后乖乖等个几百年！

## 运动感悟大赏

等待（运动的）戈多。

“你是怎么每天坚持运动的啊？”

“啊，就……每天动就好了啊！”

关于运动这件事，或者拔高它的高度——坚持做一件事，我现如今真的认为，这是人生愈发少有的简单的事了。

想想，做这件事需要什么呢？只要不是断胳膊断腿，所需就是你站起来（甚至你躺着也可以做卷腹运动），摆弄一下肢体。单纯地动，就完成了这件事。什么都不需要，想到，去做，就做到了。

什么是难的事呢？我可以立刻想到一连串粗浅的比喻：你努力学习，却没考出好成绩；考出好成绩，却没发生在重要的考试里；拥有了好文凭，却没找到好的工作；找到好的工作，却由于各种外界原因突遇裁员……这些可能才是相当于婴幼儿级的“艰难”，毕竟我们总常听到“命运的苦难远超所有人的想象”。看吧，任何人生事件走势的节点——当命运如接待员为你取了号，让你在原地等待开始，才是艰难的起点。

你猜它会不会叫你？你猜它究竟多久后叫你？你猜它会不会突然停止营业？真叫到了它会说什么？说不定只是把你叫到面前，嘱咐一句“出去的时候把门带上”。

人但凡等待便容易失去耐心，然后猜忌，接着陷入恐惧或虚无。必须指出的是，一旦驶入这条道路，就仿佛不再具备排位的资格。再怎么近在咫尺的号码，也变成“等待戈多”。

所以我向来宣讲，把减肥或膨胀肌肉作为目的，通常就会使运动成为一件难事，因为其中也暗含着相似的等待与见证。运动就只是运动而已，动了，你的身形便自有天定，八九不离十。生命中还有那么多别的，避之不及得由我们亲自“排队取号”的事情，就别再给自己添这个堵了。

也正如人们常言的“享受过程”，取个饭号也可以先去逛街，说不定通知的电话打来时，你早已在别的喜欢的餐厅里大快朵颐；随便买张彩票，不是吧?!大奖竟然找上我!

这些事，也是时有发生的。

## 涅槃无处不在

因为手臂力量不差，反而影响了我网球击球时运用大肌群，进而引发了一些手腕的炎症反应。

想到做举重动作时，也因为想用爆发力而导致暴力拉杠，以及各种离心动作上的缺乏控制。直到最后就是各种滥用，无谓的迅猛，既无借力，又容易受伤。

优势，恰恰就是劣势。一切你拥有的，都过犹不及。

从运动中，我渐渐将自己的缺点看得清楚。以前我可以意识到我有这些缺点，但无法处理这些信息，不知从何改起，最后总听凭之。后来发现解决问题的道路，唯有深刻知晓后便立即亲手实践，并反复推敲，砸碎惯性，再加以百遍练习巩固，才能稍微克服那些脱缰的“天赋”。这些从运动中吃的苦，让我每每感叹：涅槃无处不在，涅槃如影随形！

## 人美球靓

我也像部分人一样，倾向于认为人只有一种品格。所谓“酒品即人品”，其他如开车的车品、打球的球品，都是它的代言罢了。

有朋友问为什么感觉我打网球的频率那么高。我想了想回答：“因为总是有人约我打球。”想了想还真是这么回事，很多不同的朋友排着队，你今天他明天地约我，一下给我日程表里塞进去比我预想的多很多的网球运动。

“最主要的是作为一个自由职业者，时间弹性大，所以大家都觉得不管什么时间我都有安排的余地吧……”我补充道。因为总觉得刚才那话说得好像自己打得多好或多受欢迎似的。

“但我也确实是个好球友。”我这一开口，就刹不住车，我也得分析分析别人为啥约我。“我不乱打。球风虽然丑陋但态度认真，以球在界内能打回合作为准则。笑口常开。有时候能大力乱抡也会克制。除此之外，我还经常为对方呐喊鼓掌，大喊‘好球’。比赛的时候，态度认真而且一言不合就认错，对责任大包大揽，可以献出的功劳一定马上充满感情地给予对方。不急眼，不责怪。你说说，这种球友是不是该被常约？”说得我都笑了出来。本来是开玩笑，但这么一盘算，还真看到自己的美好了。

“球品不错啊你小子。”朋友也笑着答。

当然，我心里想：球虽然在好好打，很想要寻得进步，打出更好的网球，但我知道这些都是次要的。最主要的是：球要靓。要打出风采，打出格调，这是重中之重。人美球靓可是人家说一不二的座右铭呢！

## 宛如旅行

上海非常大，郊区更甚。偏偏网球场有很多正是坐落于这些遥远的郊区。如果放在以前，大多数地方我肯定都没机会去到。

一开始，我总是觉得路程长浪费时间，就算得非常准确。我会先在市区把该做的做完，然后留出最恰如其分的时间打车前往，于是常常踩着点到达球场，或者路况不佳的时候还得晚个十分钟。那种情况总让人不自觉产生焦虑，催促司机“麻烦尽量开快点”的话语屡屡脱口而出。并且，不论是之前工作还是坐在车里，都是勾着身子的模样，缺乏热身（其实走走路、骑骑车子都是热身），一下车却立刻转化为充满着跑动的全身运动，结果就是总感觉肢体僵硬，差点什么，找不到最好的状态。

久而久之，我觉得这不是个法儿。看似高效地利用了时间，实则每个部分都是赶工，堆在一起更是形成了摇摇欲坠的豆腐渣大楼。我又好好审视了一下内心，发现我不尽兴的核心是我以不适合的方式编排了自己，我绝对是喜慢而不喜急。

现在，我总是提前特别多出发，慢悠悠地坐地铁，换线，到达那些遥远球场最近的地铁站。郊区的道路通常很空旷，也没有特别浓厚的城市氛围，因此你可以想象自己身处很多地方。我会带着这样欣赏和品味的心情散步到哪个可以坐下的地方，打开iPad工作工作。这时候我通常心情愉悦而平和，灵感总是顺利地前来敲门。时间空余的话，我会再吃点东西，去某些有景观的地方拍拍照。等快到约定的打球时间，走路几步就能到达球场。

我也因此总能在运动前的十几分钟充分做好热身。最重要的是，那时候我的心灵已经被洗涤得干干净净，可以以最单纯的姿态吸纳运动的韵律所谱写的美妙乐章。这样下来，虽然我多花了很长时间，但体验要丰富和深刻得多，也绝对是对我来说真实效率高太多的方式。

这两年我确实比较少外出旅行，但在郊区走向网球场的路上，我拥有了很多可与短途旅行匹敌的体验。可不是嘛，探索了未知，感受到广阔，不正是人们旅行的目的和最终的收获？如果能在更小的范围内获得同样的体验，有什么理由不用心拥抱呢？

有一天，我带一起打球的朋友体验了一下我缓慢的路线。我们坐在球场旁的公园里喝着咖啡。

“我想想。我好像没跟什么身边的同龄人去过公园。”朋友说。我环视四周，有个妈妈铺开野餐垫在草坪上给宝宝冲奶粉，老人们散布在不同区域的石凳上悠闲地坐着，有些年纪的夫妻在小路上绕圈行走。

“我可不是你的同龄人，我五十九岁了，明年退休。”这是我最近爱开的玩笑，每次说出口我自己都想笑。同时，我感到空气中弥漫起一股清甜的、孤独与亲密结合的味道，那种味道让我感到人生确实是场漫长的旅途。

“是不是快到点了，我们该走过去了吧。”朋友还没意识到这里距离球场只有一分钟的脚程。

“你看到那堵黄色的墙了吗？就在那片树叶后面——”我用手指向不远处，“就是那么近，我们可以多坐一会儿。”

恐怕人生的目标也是相似的，其实就在树的后面。我们大可不用那么着急。我看了眼手里的咖啡，喝得真的很慢！

## 环保保不了

鄙人拙见：消费领域的环保是个宣传册做得颇好的骗局。

“新材料的应用，使得降解及再利用成为可能！”也许所没来得及描述的是：再利用它们需要额外产生更多碳排放。“因为贯彻环保的理念，我们这款产品的售价自然比市场均价高出很多哟。”这话说得叫人胃里发酸。环保应是自上而下践行，从材料到加工到零售到消费者到再处理，补贴每个环节，瓜分每个红包。如果只是口号一条：“你贯彻，我售卖！”那消费者的选择当然是——您懂的。“你的所作所为，你点的每一份外卖，都将残害下一代，地球因此毁灭！”如果诸企业品牌稍有智慧，都应该花重金消灭这些观点及推文，以避免自己不小心看到后都会引发一丝尴尬。前人栽树，后人乘凉，这话是永远的硬道理没错。但如果前人大多想的都是挖空地球，使自己在这辈子就能财富自由永久退休，那就不用假装费心考虑后几辈子的人如何纳凉了。他们还不得哪儿凉快哪儿待着去！想想如何使用自由的财富让儿孙在星球毁灭前尽可能多过几天好日子，投资这样的技术，方才是惠及子孙的上策。

从这个方面讲，没有一个高深莫测的环保故事，会比那些中老年人废物利用的花活儿更接近环保的本质。听妈妈的话，你能学到更多资深的环保小妙招。

## 警惕这样一类人

我们要十分警惕这样一类人，如下阐述。

他们会用纸巾把共享单车的座椅擦干净，然后顺手把它们扔进车筐，别的座位亦采用异曲同工之手法。比如坐公交车或地铁，纸巾或其余垃圾他们随手就丢到地上；他们会在人行道上或电动车上随心转头吐痰，只要这颗妙丹不在自己体内就好；如果是在室内或车里，他们就用力把头探出窗子——“嗬！喀……”；他们享受一片草坪的美好，于是誓要把自己仅有的一些残余留下，以表明自己度过了一段快意的时光。

其表现形式还有更多：比如插队、抢道，无论如何都先下意识大声嚷嚷……现代社会把这些人及其行为粗略描述成“不讲文明，素质低下”，然“本社论”认为这样的描述既欠缺力度又不够精准，特此向广大读者寻求一个更好的命名。

抛砖引玉，此处愿称其为“细菌级的反社会人格”，需放大倍数，方可窥见其本质里的自私和阴冷。从小处看，是一个人在所处的环境里肆意妄为；往深处瞧，是这些人根本无法意识到社会不是单纯的“我与社会”两点之间，而是千千万万这样的“我”同属于这一个场域之中。没有这样的意识，便一定会做出令人发指的行为，自以为将污秽倾倒在外，便可使身上的洋装崭新而笔挺。殊不知旁人看到这一情景，无不在心里念叨：“这人真是恶心！”

“恶心怎么了，你管得着吗？你能来把我怎么着？”顺着想象，我仿佛马上能听到这样的诡辩。卑鄙是卑鄙者的通行证，此言绝非虚谈。但今天你能通，明天不一定能行。如果有更严厉的监管，你信我，这些人可一个赛一个孬，马上争相展示守纪守法的可爱模样。

想想，在与那样壮阔的自然面对的时候，没有在心中产生一丝一毫战栗之感，而是转身就朝其扔了一大袋垃圾。这样的人没被赏个五十大板简直是社会发展中最大的缺憾。自觉学不会？挨上几板子包教包会。

## 有胡须，没烦恼

近来都钟情让胡须待在脸上。与我跟花草的关系保持一致：大多数时候完全放任其生长，偶有留意便修剪一下。它们都一样，有土地就可以一直生长，因而默默为自己冠以“城市庄稼汉”的新称号。

这是我在城市生活相当需要的，一种内心的暗语——没有什么是必须的。不是必须以特定的面容、服饰，去面对什么特殊的人、事、物。纵容皱纹的加深、肢体的僵化，与心之浪潮的高低起伏。最终指向的状态应是内里的舒张和任何时候眼底都可以闪现的光泽，不是吗？

不服“美役”时，应该感谢这时的不美。美是何物？

昨天晚上我散步路过一个中学的操场，通过遮挡的楼往深处望，才发现那是一个操场，像隐在山谷中的平原。雨刚刚下过，带走了空气中诸多的杂念和妖艳魅惑，只剩下平原仰躺的睡姿，在呼吸间等待第二天的日出。我也吸了一口，泥土摆荡着美和幸福的味道，满满当当的。

只一两秒。那种味道真的很好。

## 坚持抽象

有个流行的说法是："这个活儿整得挺抽象。"

既已成为网络热词，而且恰巧我也时常被这么描述，那咱们就来聊聊这个词——抽象。它非常明显地用于一些看不太懂，出人意料的事物，又或者，看似毫无关联的两样东西，突然给人发现好像两者之间存在着某种极密切的关系。不管怎样，但凡用"抽象"描述的事物，人们都能感觉到那种怪诞的氛围，但同时又好像能够瞬间深入这些表达的核心，让观者产生一种莫名其妙的理解和共鸣。

其实从它的字面意思就能看出来。所谓抽象，就是把"象"给抽出来。"象"是什么？从我们文化的常见词里剖析，不难发现"气象""万象""象法"等词语。象是事物的外表，某种已经显形或者正在出现的，已能感知到的特性。象还是种比喻，那些常在寺庙门口蹲守的，拉住你就要给你“看看相（象）”的，就是要用些事业和财富的比方张嘴来问你要钱。既然它是外物的表征，那么“抽象”到底是在抽什么呢？——其实，我认为，抽象的重点在于关联性。随便抽出的两双袜子竟然是同一个花色；抽出的两个句子前后竟然能顺溜地接起来；不同地域、文化和时代的人，在描绘事物时，竟然选择的是同样的语言和符号……这些的根本，在于背后的故事真的被织在一个更大的网上。

负责任地说，如果没有“抽象”这种神来之笔，我觉得人们根本就学不会任何东西。“举一反三”所需要的正是抽象的能力。把一个小孩放在陌生的环境，听着陌生的语言，他渐渐就自然能听得懂了。那不仅仅是有关孩童较强的学习能力，更是出自好奇、探索和开放的心灵。这些东西在起作用，一刻不停地寻找着各种事物的联系。但同时，对于那些已经关闭了求知和感受的通道的人，那些不同的文字就永远是些看不懂的天方夜谭。越纠结字面的意思，就越不懂背后的含义。

令我感到有些可惜的是，目前的时代背景

下，许多人“抽象”的精力大都被用在了网络玩梗上。这也是我认为大家常“怨声载道”的生活愈发无聊和贫瘠的重要原因。且不说“信件”这种需要归纳自身的经历与感受，天然和“抽象”的媒介已消失殆尽，就连很多本应重要、认真的谈话场合，大家也渐渐不再使用比喻来扩宽生活的疆域了。我经常不小心听到餐厅其他桌的谈话，大多数时候，两个看似故事感充沛的人却总不出意料地发出那些最没节奏变化的宛如打字机的声音。吃了什么，逛了哪里，玩了什么。哪里好吃，哪里好逛，哪里好玩……没过一会儿，他们不是一拍两散，就是大概率确实化为了打字机自顾自地低头打字了。我从内心感到这种场面的落寞和匮乏，也唏嘘：原来缺乏抽象的世界竟是如此令人难耐。

“抽象使人寂寞”已经是我现在直接得出的一个结论。自己默默抽象，但缺乏表达和与其他抽象互相理解的通道，会让这个具象世界的你显得更加孤独；忽视这份荒芜的感受，假装不关心事物的关联，一个猛子扎进儿童泳池，结果只会让你身受重伤，越来越不堪忍受。“抽象”无奈地表示：我本来是帮大家心有灵犀的，反倒现在人人都躲着我了。

难怪最近听闻，算命行业越来越不准。我看究其所以，是因为“象”的王国正在急速缩减，被滔天巨浪冲得溃败。或者我们换个方式说，就如我们经常听到的：因为人们正在大规模地丧失必要的感受。原因无非还是那些老生常谈，谁让外面的世界太好玩。既然这么简单就能有所得，为什么还要什么都往心里去呢？心里去的东西想了也出不来，那多不痛快，多寂寞啊……然后就又恰巧回到我的结论：抽象使人寂寞。

也许是我杞人忧天吧！也许别人从来没有这么觉得，觉得生活方方面面都是好上加好。诸君勿怪，因为我本就是那个又抽象又寂寞的。但我死性不改，坚守于此，并认为组织总有一天会需要我！

## 恐惧的本体

我原本以为恐惧是个很笼统的概念。就算有那些听起来很具体的词语，比如密集恐惧、巨物恐惧、幽闭恐惧等，但其实都是在某个较为宽泛的范围内引发着这些恐惧感。谁也没有量定具体的数值：每平方米内多少疙瘩算密集，多大的体积才能算巨物。

直到我有两次从不同的人身上听到他们共同的对于蝴蝶鳞粉的恐惧，我才发现恐惧的范围远比我想的要小很多。从那时起我就留了个心眼，听到相关话题总会问得很深。比如别人说害怕昆虫，我会问你好好想想到底是害怕昆虫的什么。当然还有其他五花八门的鸟啊、鱼啊、老鼠什么的，得到的反馈都与我暗暗所想如出一辙——在引发恐惧方面，一些细节和特征的作用还真不小。比如昆虫，有些人怕它们的节肢、多足、触须。还有些怕得更微妙，比如：复眼、毒性、光泽感。害怕光泽的人，同样可能害怕鸟类的羽毛、鱼鳞、蛇皮。有关鸟类的恐惧，可能还与对史前生物的恐惧，以及利器恐惧有关……总之五花八门，但指向精确，令我惊叹不已。

由此进而联想到，从根本上使生活舒畅，很必要的一点是心灵要先克服它的恐惧。而心灵的恐惧，其实也属于可以再往深一步精确划分的恐惧，远非它看起来那么笼统。在这一点上，由弗洛伊德领衔的心理学大师们自然已经事无巨细地研究说明了，我此处只是向不搞研究的大家随便提个醒：如果你感到恐惧，请你拿起放大镜，把那个最关键的症结找出来！

比如有的人在关系里，委曲求全，自尊水平低，满心恐惧着如果不这样这段关系就无法继续。但如果你接着问这短短几个月的恋爱关系对他来说是否那么重要，对方考虑一番可能会出乎意料地回答其实并不是。顺藤摸瓜，你可能会发现，此人只是害怕被无论什么关系里的人，以某种形式带给其被抛弃的不安全感。这也许直接链接到童年时期的某些经历，比如在商场和爸妈走丢了以为他们不要自己了……这些故事太多，内容和模式也屡见不鲜。但就我个人的一些浅显经验来说，我们已经很好地完成了第一步：触碰到这个恐怖的谜团。接下来，如果有心，也将能抽丝剥茧地发现那些精确如蛇虫鼠蚁所引发的相当具象的恐惧本体。当然，如果拥有较强的知觉能动性，人们会非常容易发现：时过境迁。一切环境和条件都已经发生改变。命运的轮盘已经重新转了起来，有什么好怕的呢？鄙人早就蜕变了呢！如此一来，就慢慢修正了心灵，消除了这些恐惧的顽疾。

也有些人觉得，为什么一定要克服恐惧？放在一边不就好了。关于这点，我认为对事物的恐惧和心灵的恐惧又不可一概而论。多少量级的恐惧，就会有相对量级的危害。对于害怕的昆虫，你至多发出连连尖叫，肾上腺素有些许失禁；而心灵的恐惧——许多有过这种经验的人会告诉你——它会让生活所有的光彩丧失。你认不出它的模样，它可高兴了，自然会一直变着法儿藏在各种事件里等待崭露头角。而且，这巨大的恐怖一直没从你身上看到什么与之抗衡的决心和努力，便会一往无前地施予你同等量级的糟糕感受，最终消磨你的意志，吞噬你的灵魂。

趁恐惧的本体展露在眼前的时候，如果我们有这样的机会，那我得说这机会实在弥足珍贵。快给它致命的一击吧！

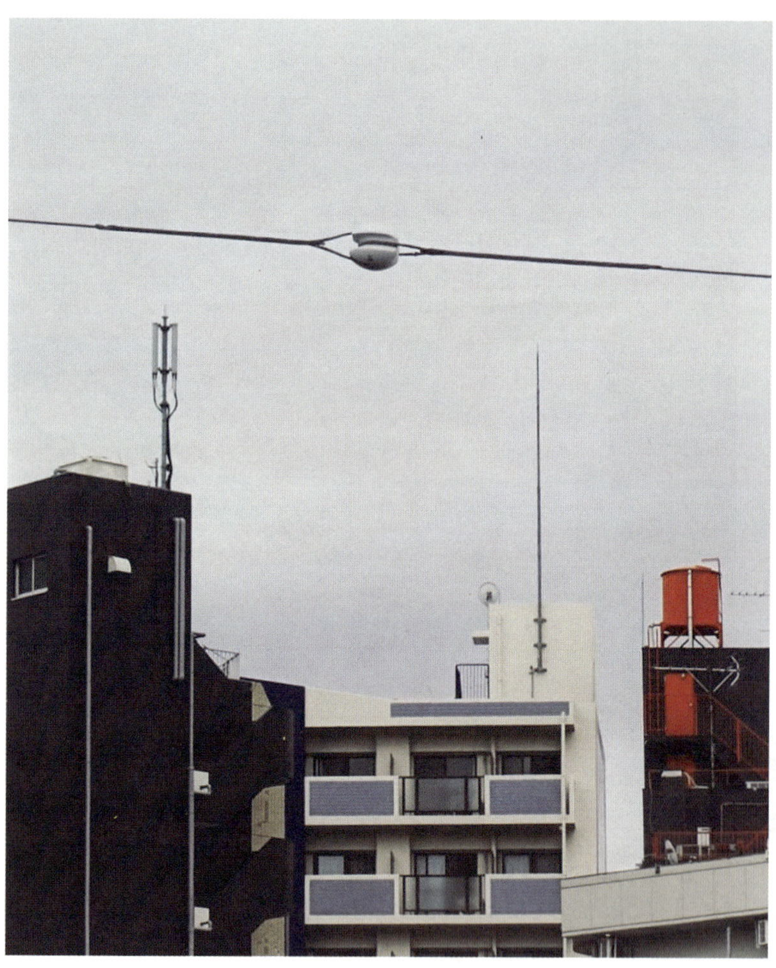

DALAN
SAN

# Part 3

别让自己和世界都爱得太迟。

# 槛外新语

车停在寺庙后门，这是条不同往常的路线，一时之间还不知道自己身在何处。

没有查看地图，也不知道可不可以从这里进去，但还是就这么自然向前走了。墙角整齐摆放着几张石头长凳，在它们的上面错落有致地排列着大大小小的盆栽。早晨的光线倾斜地投射出盆栽具象而厚重的影子，使得它们看起来更像是一排雕塑。一位工作人员在悠闲地清扫地面，另一位也带着同样的从容气质粉刷着墙壁。他们的旁边，就是寺庙的后门，并连接一个小小庭院。从不远处的主干道席卷而来，那早高峰的热腾气儿，此刻已没有任何行迹。

我手中的咖啡也正巧在此时见了底。喝完最后一口，正对上扫地大叔的目光，便将纸杯轻轻放进他的撮箕，和两只野猫一同从这扇小门闪身而入。

这就是我真正初遇它的场景。

我从没有独自去过寺庙，总是跟随很多人一起，堂而皇之地从大门走进去。

我也没有什么强烈而丰富的愿望，所以当周围人都开始认真许愿参拜的时候，我总会偷偷张望。那么多的需求在四周发生并急剧膨胀着，过于强烈的念头使我胸腔受迫，觉得实在格格不入。因此我一直认为，我先前所拜访毋宁说是欲望的酿造罐。我是否真正去过寺庙呢？

无论去多少次，我从前的感受都几近相同。直到车停在了那里，那个蒙昧不清的边缘，我像空气自然流进鼻腔那样，从鼻翼的边缘进入了某个新的、重要的循环。

我断断续续拜访寺庙，不许愿，不顶礼膜拜，只把心中浮现的词语、句子像织毛衣那样编在一起，然后像泼水一样把它们甩出去。

之前去寺庙的时候就隐隐在心中默念："我这人吧，不上台面的话想说的太多。这些话，跟谁也说不了，还是说给佛祖听吧，要常来诉诉衷肠。”

我也没跟谁说过这个暗自下的决定。

今天在一个非常随机的饭局，席间突然有人说她的中医让她多去寺庙说说话。

哎呀，我心一惊——心中马上有种来电的感觉。那种如爱恋般的点拨，一种提示，一种碰撞。哎呀！

佛祖想我了。

第二天我去了寺庙，刚好是霜降的日子。我又看了看皇历，恰好是一个卯年，卯日。

“卯年卯日我独自走进了寺庙……”我嘴里念叨，为新的谐音梗暗暗发笑。

在臆想的世界，没有擅自确认佛祖的想念之前，我没预想把这种私自的参拜当作定期的规划。感觉就像是我每年总有几次抬头，会发现月亮刚好正圆。

我为什么不能记得在每个月圆的日子都抬头看看呢？我由此遐想开来——

以前的卯时，即现在的早上五点到七点，人们已经开始工作忙碌，称作“点卯”。而卯月，则是寒冬过后的阳春三月，一切和煦而充满生机。在我们的文化世界里，卯是太阳与东方的象征，是势如破竹，纯粹生长之力的代表。

卯日，则是许多具象而平凡的千百亿个日子里的一个，很难归纳它们之间的关联，但我知道自己也是个卯日出生的人。

因而我预备每隔十二天来一次，那某一日，是另一个卯日。它们与我的关联，就是它们之间的关联。

昨晚放了个橘子在背包里，只因下意识看到了自己坐在寺庙里吃橘子的画面。

今天看到许多流泪的人。有的是轻轻揩掉泪珠，有的则捂住口鼻，难掩心情。

我坐在一片香烟浓郁的荫翳里，剥开我的橘子。

每吃一口，我都忽然更清楚人生的酸甜与共，知道为什么有的人为酸楚的心事哭泣。想到这些，嘴里的橘子就会更酸一些，甚至酸到鼻腔里。

但不管怎样，我们之后都会回到槛外，就像果子被高高放回供台之上。要记住，不管怎样，果子都散发着香气，寓意着甜美，是我们所能贡献的最好之物。

要记住。

不是需要填埋的腐殖之质才被称为秘密，那样未免太过轻看大量人生之中必然的缄默。

未能开口的，困惑、愿望、祈求、祝福……未能当下就用来兑换什么的，还没有形成“意义”的，心间模糊的字和音，都帮忙建起那个盘根错节的地下王国。那里条条道路都通向秘密本身。

而只是温柔注视着你，不说过多话语的人，他们都或多或少地捍卫着此刻你秘密幽暗的王国。

那个王国，是外在的起源。

我为之而感激，因这份感激而变得虔诚。现在我喜欢寺庙的原因大抵如是。

平日早餐多吃面包，今天来吃一碗素面，吃了好久也吃不完，怎么那么多。

汤底是靠胡椒和芝麻油提出香味。这两样都是我很喜爱的，如果是我自己烹煮食物，它们也是我最常用的法宝。

更进一步，我爱它们是研磨之后，零落成泥，也大放异彩的事物。

人也不能太怕被命运研磨，害怕便会使人产生侥幸心理，进而自鸣得意，沾沾自喜。希望自己不被过分碾轧的心愿无可厚非，但绝不是奢望命运会从谁的希望中把它本应有的苦痛转移给别人，试图自身一人逃脱。来来回回，那都是同一碗素面而已。

始终无一物，唯有香如故。食毕的碗中，什么也不剩。

我相当乐意把瑰丽美梦实现的机会留给别人，因而常常在内心默念“我希望你梦想成真”这样的话语。尤其当我越来越多次独自踏进寺庙，这样的语句和观点就愈发明晰。我愈来愈能够坦然地与他人强烈的希求共处，也坦然面对自己的平淡。

人们前来，为了实现愿望；我前来，不为实现愿望。我们同样前来，所以没什么不同，而恰恰是不约而同。

如果有人会因为实现不了愿望难过，而我却觉得这样的事没什么关系。就像哪个小朋友弄丢了手中的糖果，而我手中同样的糖果我其实并不怎么喜欢吃，那我为什么不把自己的给他，让我们中的一个人开心呢？

这样的比喻也许不恰当，因为我并不直接提供他人所需要的。我没有能力，所以我也帮你一同许愿，许愿你的梦想成真。

许愿别人梦想成真，不是因为我有任何一丁点儿更多高尚的情怀，而是因为，我无所谓。

我也因此发现，这个世界上仿佛只存在两种人：有所谓的人和无所谓的人。他们通常不能融洽相处，因为前者轻视后者，后者鄙视前者。因而不自觉忽视了很多困惑的原始之初竟是那么简单，仅仅因为我是这种人，而不是那种人罢了。

而其实我们都是彼此的对立和补充，是生命的子集。从所有不同的两极延伸出去，靠近彼此，形成球状的密合物。这本来应该是属于我们所有人共同的表达。

我这样想着，坐在安静的长廊，有些呆滞。阳光使树木的影子变得更加坚实，而同时拖长的我的影子却逐渐变淡。我几乎觉得我融入了这院中所有植物枝干的影子里，于是一瞬间失去了对身体的知觉和掌控。

那个时刻，我一点也不想执掌人生的风帆。我想爬进砖墙干净的隙缝里睡午觉，像蒲公英一样被吹起，停落在微微上翘的房檐边上，俯瞰下方动物们不同的脚掌。然后模拟它们奔跑的姿态，模拟花蕊迎风编排的舞蹈……

啊，这……就是我愿望的某种雏形吗？我好像真的也找到了，属于自己的、宝贵的愿望。

我当然不会告诉任何人那是什么样的愿望，那只是基本符合我和我眼中世界共同需求的，微不足道的愿望罢了。再说，对于我，愿望实不实现本来也就没什么所谓呀。

我匆匆起身，步履铿锵，向着空中抓一把，热衷和留恋就原原本本回到了口袋里，然后轻轻跃过寺庙的门槛，再次走了出去。

# 一场时装秀及相关评论

**时装秀**

那是一个居民区的普通街道的转角。今天她走过这个转角，想与以往有所不同。通过修正自己的步数、脚底的弧线，完美地以“圆角”的轮廓走过那每天必然经过的街角。在街角的对面，有一个弧形表面的反射镜。在它的镜像里，每天都倒映着她坚决的面容和毫无疑心的步伐。

“现如今我不在这里的事实无人知晓。”

她在海岸线沿着游客的步道行走，像有相当数目的白鸟遮天蔽日地挡住了天空一样，水和天混合在一起，像倒出的牛奶白得刺眼。她全身穿着黑白条纹的衣裳，走得很慢。她看起来有心事，但仍然散发出乐于助人的气质，于是很多游客纷纷请她帮忙拍照。她接过拍照设备，转身踮脚走远了一些，站在这成双成对，成群结队的人们对面。她保持轻盈的摄影态度，并偶尔倾斜，或扎成马步，找寻好的角度，示意人们彼此靠近和保持微笑。比“OK”，比“赞”，喊“茄子”。

她黑白条纹的躯体与那个正在分发气球的小丑重叠。摊开的笔记本上写着：小丑不会成群出现。小丑都是一个人，与人群相对。人们欣赏他带来的欢乐，然后再与旁人一同欢乐地忘记他。从创造之初，他就是个相当孤独的标识——她于是莫名奇妙地小跑起来，越来越快。

草原上奔跑的斑马，相信自己将飞跃孤独。

“想要偷偷地告诉你，我在等待着你。”

从便利店的冷柜中，与视线平齐的地方，她取出一瓶绿色玻璃瓶装的气泡水。如果在瓶子那一侧也有一双眼睛正在与她对视，将会看到一个扭曲的怪物伸出利爪。

她几根手指轻轻掐住瓶子细颈上方的一点儿位置，手臂垂在身体两侧，边走边将它这样前后摆动着。镜头慢慢移动到那个摇晃的瓶子上，贴近，拉远，它变成了设备检修时空摆的没有任何乘客的海盗船，在摆向顶点时又变成了冲向礁石的巨浪。等这浪头冲刷完镜头，水面恢复了平静。轻轻摇晃，泛起洁白的泡沫。再向泡沫深处走去，场景切换到鸦雀无声的黑夜，在水中央皎洁的一道月光下，波光伴随着呵气般的呓语仍不知疲惫地闪烁着。有只不知从哪里被风吹来的小船，飘落进那片鳞片般的月光里，像正驶向远方，也像一动不动静止着。透过朦胧的薄雾，她的背影再次显现出来，双手搭在桨上，如蜻蜓停在荷叶上，没有任何生硬和造作。

忽然，水面掠过一阵强风，惊扰了蜻蜓和她的头发，也把雾吹散了。在这自然乱世的几十秒钟里，她慢慢转过头来，嘴角平淡地勾起来，眼神却坚定得像只真正的怪物。

“喂，已经差不多到了，物理很差的孩子在空中来回走动的时刻。”

她深橘红色的毛衣里编织着另一种反光的亮线，即使在只开了台灯的昏暗光线里，这丝线也似隐隐约约跳动着脉搏。

她之前在一家非常平常的蛋糕店买了一小块蛋糕，只因为上面插着的那把纸做的小花伞。蛋糕先放在一边，她需要马上把这把纸伞取下来，并轻轻地用嘴嘬去它末端沾到的奶油。

披上一条杏色的围巾，她向阳台缓缓走去，把手中的小伞插在了阳台上某个盆栽的土壤边缘。这是“雨天娃娃”，她这么想着。一只野猫在隔壁屋顶上走过。

“这是雨天娃娃。”她自顾自地对它说。

“现如今我在这里的事实也无人知悉。”

在淅淅沥沥的雨声中醒过来，今天她决定不化妆。不是因为这提供了她敷衍和懒惰的理由，这是她真诚爱着雨天的标志。我们可以看到她翕动的唇瓣，正说着“我爱你”。

头发受到水汽的影响，湿答答地贴下来，眉眼也因此变得柔顺。

而在下班回家的路途里，细雨已经变成狂风骤雨。她试了试撑伞，感受到身心和伞骨一样承担了随时被掀翻的慌张。她向四周望去，在所有人举伞的动作中感受到了更加巨大的惊惶。她于是赶忙将伞收住，抬起头，大步走了出去。

雨重重地落在地上，她的脚也重重地踩上地面；田间干涸的小渠开始流淌，同样的水也在她的脸上流淌。她时而用掌心将脸上的水猛地一把拭去，时而将垂至耳边的头发向后甩去。她随着雨变得狂暴，这狂暴也是她的一部分，另一部分的她是永远在等雨的堤坝。

人们有时在普通的人、事、物中看到极具风格的“妆造”感受，那就是她现在的样子。自在和热烈从她重重踏着的步子里满溢而出。

如同风卷着叶，叶盛着雨，雨迎着风。

“想要偷偷地告诉你，我不再等待了。”

她在广场某片花坛前面的平台上坐了下来，这是一个偶然的行为。就像许多广场在建造时并没有将人们的落座考虑在内，他们只是随便坐在了认为可以随便坐下的地方。

今天的风不是微风，也不是强风，某个克重分量以下的布料都会随之轻摆。她系在包上的一小条丝带，现在像一面和平飘舞的小旗子；她长长的外套垂在地上的部分，却即将停止摇摆。如同正在试图噤声的涟漪，把它的波动重新传导回蓝鲸的尾鳍。

她静静地吃着最后几口三明治，不远处乌鸦停在一排排电线上。

“你看，寂静的广场之上，全然不会算数的孩子们耳中正倾倒出砂石。”

火势从西边蔓延而来，占据了大部分天空，同时也传来大地震颤的杂音。但不是失火也不是地震，是夕阳里列车驶来的前奏。

紧接着，一辆不停靠的电车便疾驶而来。站台上的人，感受到一阵骤然而起的风，并被列车的体积和速度所轻微震慑，陷入短时间的错愕。

她不在那里，她是站在远远的出站口看到这些的。不在站台，电车并不显得那么快。在过去的某个时代，蒸汽火车曾是怪物的象征，因为对比会使蚯蚓也变成一条巨蛇。现在，在手机的风景里，电车会变得更微小，像积木在公园的草坪上移动。一切都变得更不值一提。

她没有拿出手机，手机已经没电了。夕阳也是今天最后的电力，她静静站在那里。

她愿意跟随最后一丝电力遐想：世界的原始，是一片沉寂。

“黄昏的电车，哐哐，哐哐。疾驰在夕阳的天色里。”

路边长出一团杂草，路边可能有一些淤泥。可能有几块石头，也可能是几堆生活垃圾。

人不停行走在之上，使之名为“路”的地方之外，杂物总是不断地滋生着。这样的小径，哪里都是，互相之间也没有多少不同。

她无数次走进这样的小径昏暗的天色里。夜的颜色愈来愈深，人的痕迹却愈来愈淡。

然后她站住了脚。可能疑心自己走错了路，可能发现丢了什么东西，可能突感身体不适，可能想起了别的重要的事，总之她停住了。她开始变化，外套忽然从这个变成那个，厚的薄的；变出裤子、裙子、束腰；运动鞋变成靴子、高跟鞋，大大小小，由长到短；华丽的发饰，夸张的帽子，离奇的发色；皮革，塑胶，羽毛。变成乱码。然后回到了最初，一身素净普通的着装。

她又开始向前走了，这一走就再没有停下来。

远远地，她消失在路的尽头。

“在我们诞生之后，那些没有获得躯体的孩子们。

“在我们诞生之后，那些没有获得躯体的孩子们。

“在我们，诞生，之后……

“那些，没有，获得躯体的，孩子们……”①

**评论**

在我想要描绘这个所谓“时尚影像”的时候，我总是会想到这样一种，不起眼的生活画面的合集。在我看来，所谓“酷”“飒”“甜美”“知性”等等这些风格的名称，说到底都来自人的性格，来自内里的质地，来自重要的零部件。而认真地投入自己人生的角色，将毫无疑问会叠加这

① 歌词来自《也许是电车》—— 知久寿烧/Macaroom。

种质感。

将内在的需求外化到形象，是一个艰涩、沉默的过程。画上浓重黑色眼线、把铆钉披在身上的人，身着考究洋装并浑身飘舞着缎带的人，等等风格的人们——缔造出这些风格的人们，对于有关他们造型的评价恐怕并没有过多在意，而是别无他法地映出眼底的真实景色，从身上长出真正属于他们的东西。这是他们生命的基本形态，不是博人眼球的涂装。

当然，在每一个部落和种群，开创者和发扬者的数量都远远小于追随者。然而我们却并不能因此说，前者的力量不值一提。相反，这少数人群所能发出的却是深沉的，具有绵长延音的庄严钟声。这样的声音，是我想到“时尚”这个词时总不免会首先想到的。这声音中所包含的文化性的基调，也是“风格”的硕果所结的地方，这是我觉得我们应该去了解和尊重的。

所以，在我创作想象的时尚影像里，并没有什么“时尚单品”本身，甚至主人公所有的服装造型都是概念性的。可能很夸张，也可能与日常穿着没有什么不同，就连主人公也不非得是同一个人……但想表达的很简单：就像我们现实生活中也常常会遇到的那样，某些人身上一个微不足道的细节也会让我们深刻感到其对于生活诚恳的热切，使人信服于这一种格调，移不开眼睛。我想说的是，这种气质，是“时尚”原原本本的、非常锋利的气质。

那个收集动物碎骨、贝壳、石头装饰在身上的人，那个编织花环迎风起舞的人，那个一剪刀将衣服剪开并重新拼合起来的人，那个在丑陋补丁上绣出精美图案的人，那个用艳丽奔放的头巾对抗化疗的人……那个人从古至今，出现着，热爱着。他们破茧而出，富有神采，数不胜数。在我说时尚的时候，我绝不想忽略这种本真，没有这些，任何所谓时尚都是言之无物的。

“再不这样穿你就out（落伍）啦！”受到热门爆款鼓舞的人们，于直播间倒数三秒千钧一发之际抢购成功，次日在各个打卡点以百分之两百的热情发功，誓要拍摄美丽照片。却在接过同伴手中的手机检查照片那一刻，脸上的笑容已不自觉伴随着亏空的情绪瞬间掉落。这种突兀的转折，恐怕更是这个时代关于“时尚”的一个缩影。当然，稍后在社交媒体的分享又赢回小小高潮，在“绝了”“杀疯了”的夸张烈火中，新的冶艳凤凰涅槃重生……但这显然并不是我要在这些文字中推崇的。“冲冲冲”的兵团和他们所收到的夸奖和追捧已经够多了，不缺我这几百字多嘴点评。我更想把时间留多一些，与不那么急的朋友们站着聊会儿天，微笑着把在地上捡起的银杏叶互相插在对方的口袋里，露出一点点的美丽，把这样的造型留下。

只有高音的歌曲我向来受不了。如果以后只剩这样的歌曲，那就谁爱听谁听罢！奴不听，奴耳聋，奴去也！

# 世间漫谈 其三

## 最惧怕的神情

我有时候会谈谈我对“感情”“爱”的看法，身边的女性朋友们偶尔会刷手机刷到，并觉得很受用。因此时常有人当面跟我聊天时也聊到这些话题，也许是想听听我这里有没有什么“专业”的评论或认证。

首先，我总是会重申自己坚决的态度：“如果你遇到的人不靠谱，那为了获得较为舒适的生活，请你做好孤独终老的打算！”在我的观念里，一个极其不成熟、无所担当的人和一段狗血糟心的亲密关系，其杀伤力绝对远远大于独身状态所需要承受的那点心灵压力。

这个时候，正在对谈的女孩子十有八九都会展露出一种神情：先是眼球不自然地颤动一下，接着从那双眼睛里透出深深的失落，微笑的嘴角此时也瞬间停落，常伴着很不自然地抿嘴。那毫无疑问可以说是个愿望落空、信念崩塌的神情！只有发自内心感到失望、迷茫，无所适从的时候，人才会有如此直观的苍白虚弱的表情。我几乎可以说这个神情是我现在最害怕的一种神情！

我打心眼里不明白，婚恋是如何在广大女性身上成功投毒的。这些女性大多有能力、有事业，或者很有才华，但仅仅只是因为我似乎具有一点权威性（当然我毫不这么认为）的意见并没有如想象般迎合她们一直以来内心的憧憬，又或者她们感到了有什么长久的忧虑和怀疑被刺破，她们竟然会下意识露出那样的表情。我很震惊，她们是在婚恋上以及那个也许从未出现但被认为一定会出现的“白马王子”身上投注了多大的人生筹码啊？！

“我难道就不能靠男人吗？”自己打拼事业有成的女性发出这样的感叹。我瞳孔地震。我的好大姐啊，你在商业上心思缜密运筹帷幄的劲儿能分一丁点儿在“感情”的事上吗？负责任地说，能让你靠着的男性，除了英年早婚，终生恪守端正品行的那一类，都妖着呢。要么终日埋头于自我，闲暇时只是把你当成个情绪解渴机，要么有俩子儿花天酒地不亦乐乎，与此同时折腾许久还没啥进步且不能调和，问了就是冠冕堂皇的理由：“这就是社会，人都这样。”

真可谓，见过多少疲惫的女性，就见过多少潇洒的男性。

如果说以上评论有些过于主观的话，那我就来说说我日常的一些观察吧。在男性世界里，最经常听到的一个句式是：“我要……”这句式暗含的逻辑是——世界围绕“我”转动。即便这个故事脚本是“靠别人”，也大多会有一番不同演绎：女性中的“捞女”群体，这些人可谓是费尽心思使出浑身解数来取悦寄生的对象，甚至发展出了有些可笑的“职业化”“专业化”的态势，随时准备为“捞”

的事业付出身体、时间，以及必要时甚至奉上最宝贵的尊严。因此它的底色其实是彻底的奴颜婢膝，是寄生者和附庸者，是可悲的。但如若对换过来，男性吸血女性达到目的，他通常不但不如常理所想，觉得受之有愧因而伏低做小，反而更加嚣张跋扈，即我们常说的，实现了“软饭硬吃”。这种样貌的根源在于，无论什么语境中，他们始终认为：一切都是“我”的本事。即便依靠别人，但能靠别人那也是“我”厉害。比起可悲，还更添加了些可恨在里面。

所以依照这种普遍的惯性来稍加分析，很多情况下，你以为你可以依靠，找到避风港，以为你随便认识个有能力的，就能两人平均分工携手完成一个大型团体作业，甚至你还想着对方多干点活然后三不五时能够让你开个小差挂个名。结果等汇报演说的时候，对方上台接受鲜花与掌声，感谢自己的能力和一直以来的奋斗，但压根儿没提你的名字。你人都傻了，你的成功不也有我一份功劳？说好的团体合作项目呢？对方微笑，拿了张纸在上面指了指，你才发现你的姓名原来是在场务后勤一栏。你是可以靠，不过你靠的是黄土坡，喝的是西北风。

这时，刚才不自觉说出那番话的女性，可能觉得不对劲马上改口："我就是那么说说。"马上又变成了另一番很典型的纸老虎作风。在女性的话语里，时常有这样一种模式，她们说"我才是这段关系的主导"，说"我压根儿不爱他""我马上就能一刀两断"。凡是此种，统统只要看向它们的反面即可。这些宣言多用于掩饰虚弱的内心，它本起源于身心下意识对自我主观性的反刍和对自我矮化的反抗，是很珍贵的觉醒。然而对于很多人来说，这种提醒通常并不起真正作用，而是被马上咽了下去。女性继续陷入一种假装主角的自我挣扎。

反观男性，他们从来没变过，仅仅依靠惯用的对待所有事物的周旋态度，就能轻松拿捏女性心理。小的争吵可以用言语哄你，大的问题可以放弃你并替换你，并假装一切从未发生。究其所以，他们都是自身作为主角对于故事线的准确把握以及对配角的棋子的任意安排。这时候，曾经疾声厉色的口号不再，假装强势和自主的女性只剩下了深深的无力之感。这种无力感的根源是在："我为何不能影响和改变你。”殊不知这种作用力想要施加的对象却完全是被不同的想法塑造而成：“谁要想影响我的世界，那我就把她排除出去。”

每当有这样一套心理路径时，她们就会有那样的眼神出现。我十分害怕见到这种眼神，但我更多怀有的其实是一种“哀其不争”的感觉。

我也倡导含有奉献性质的爱，因为这是爱的基本，即不自私。不自私自然将引发奉献行为。但是，这种爱建立的前提必须是两者的双向性，以及符合现实公平合理的条件。那种不客观看待对方的言行，且还一味选择理解和付出的，我也愿意称之为另一种病入膏肓。现代社会，虽然仍有很大的进步余地，但已经给了我们所有人非常多选择的空间。你如果真的只想自我安好，那没有人可以把你绑上花轿，按住头逼你成亲。你选择的一切道路，只需要承担它的后果即可，在这半路很难杀出什么可怕的事物使你真的身不由己。怕就怕你是假装豁达，假装深思熟虑，一面高举着自由独立女性的大旗，一面忍不住一直琢磨“我太老了会不会没人要啊”，这是自己迈着腿往坑里踩，是谁也救不了的。

绝不是说这两种想法不能同时存在。人非圣贤。据我观察，受到各种不管是社会环境还是文化的影响，我们很多人都会有一些原本绝不会相信，但最后甚至在心里深植的概念，这些都可以算作荼毒和不良影响。然而这样的影响，势必也在每个世代，每个人身上都有体现。我们要做的不是怨怼，不是沉沦，而是察觉并且尝试进行转化。这便是我们主观活在世上应该去努力攻克的部分。

正如两性问题，去谈起它，去面对它的纷争，目的绝不是一方把另一方杀之而后快，而是了解其中的观点和规则。抨击不是要点，在抨击的洞察中反观自己并加以修正，使自己以更完整的面目去适应、影响、改善才是，叫不醒的人就让他睡着吧。只有了解了这些要素，你才能以主角的态度，但同时也关照别人心灵的方法，去达成人间更美好相处的愿景。人当然可以依靠别人，但我可以依靠你，我就可以不依靠你；你可以让我依靠，也可以不让我依靠。你我都是主体，这都是你我的选择。只要说得清，搞得明白，双方达成一致，有什么不行?

不靠谱?搞事情?不跟他玩就好了呗。反正我所知道的，这就是广大男性一直以来践行的方式。即便你很靠谱，也少不了会有别的小情趣、小爱好引导他往别处投怀送抱。所以你是干吗在这儿想些有的没的还给我那种神情?真正洒脱起来吧，求求你们，吓死我啦!

## 关爱人类

真正关爱一个女性，就去跟她聊路边的花草、桌上的茶杯、斑驳的树影和飞过的鸟。聊过去的线索，将来可能发生的事。提醒她注意月亮的变化，从而有张有弛地纺内心透明的纱。

真正关爱一个男性，就要提醒他，他的力量终有所作为，提醒他不要害怕，提醒他火把不熄。他的理想不被轻易践踏，他也一定会被某个人热切需要。

说到底，无论是再闪耀的人类，抑或是最卑微的，所希求的，都只是那一点点微小的幸福。

关爱他们，关爱身边的人，关爱在乎的人。

别让自己和世界都爱得太迟。

## 无所畏惧

我这两年密集地涉猎各种运动，其中最开始的项目其实是拳击。

当时我想的是，要找个有意思但也不能太玩票的运动，毕竟还是有真真实实改善身体机能的需求。筛选了一下，觉得当数拳击最合适。一来它是以技巧构建的：前拳、后拳、直拳，以及勾摆拳等，讲究步伐，讲究蹬转带动躯体发力，这些全都是要慢学细品的。二来它练起来感觉真是累得不得了，让我感叹这真是个名副其实的“热汗运动”，而不是那种汗水死活流不出来的象征性运动。

轰轰烈烈练了一年有余，进步是明显的。最开始，我凝神聚力觉得每拳都释出了灵魂般重重的冲击波，打在手把上却发出了毫无质地的一声声“蔫儿响”。我不相信我的肌无力，非要看看手机拍摄的动作回放，结果看到的只有一位风烛残年般，但仅凭热爱仍在舞蹈教室旁若无人跳拳操的虚弱男子。背景音乐仿佛也在为他鼓劲，是一股子透着假狠让老人再战一次的K-pop（韩国流行音乐）：“让我们！杀死！这个爱！”后来我痛定思痛，提醒自己每个节拍都要站稳，别一颠一跳的，别飘！打的是拳击不是“还我漂漂拳”，也提醒自己要打得脆，不要黏滞，靶子是粘鼠板吗这手舍不得收回来。同时还大幅度解决了全身分节的问题：之前是腿蹬它的，身子另外转它的，肩膀和胳膊表示哇你们好棒，那你们先转会儿我们过会儿再来。后来它们也都形成了系统，打出了整体的模样。腿一蹬，拳就有点样子地送出去，并发出愈发好听的击打声。

后来随着打拳激烈程度的增加，我孱弱的身躯越来越支持不住心率的飙升，总是打几十秒就想往地上躺。彼时随着拳技的上升，我本来提升了点自信心，觉得凭借这个技能说不准什么特殊情况还能防防身，但瘫在那里的时候我觉得彻彻底底错了。我这短短几十秒的续航，恐怕还没架起势头来就已经油尽灯枯，不战先败。这种觉悟让我深深失望，并意识到我长期以来的弱点：体质的虚弱。这种弱会一直拖着你，当你每次运动到好的程度，心肺功能提升的时候，它就会开始让你受不了这种微微的血液充斥喉咙的滋味，然后你为了抚慰它就会停下来并不再尝试，接着越来越弱，也拒绝改变。我突然很讨厌这个循环，讨厌起它一直以来对我施加的把戏。我决定真的让它看看我的决心。于是我跟教练说，咱们拳停一阵子。与此同时，我想知道什么样的运动才能增强我的身体机能，这次不管再累再无聊也无所谓。

这些可以说是我改变的动机，但我真正想说的不是这些。从这之后经过了约两年的高负荷重磅训练，我的运动能力随之大幅提升。从前那个坏循环彻底消失得无影无踪，而最新的循环是身体可以承载更多运动量所以越动越多。并且在这个过程中，不知不觉长了十公斤腱子肉，这让我的整个外形看起来都发生了较大的变化。最具有意义的是，虽然我后来没再怎么打过拳，但当时通过训练所产生的但从来没来得及兑换的自信，现在完全降临在了我这个新形象上。我觉得凭借这个身躯，能打出很无畏，很有气势的拳。说来有点傻里傻气，这种气势好像也可以说是一种挑战邪恶的勇气。以前看社会新闻，说发生这样那样的恶性事件时有路人挺身而出，我虽然敬佩，但觉得如果换作我在现场很可能并不会站出来。原因是我觉得我挺身而出也没用，我是挺身了，但扑哧一下接着就白白“另送一颗人头”。这种无法自保的忧虑始终让我缺乏“行使公义”的勇气。我常常窝火，觉得自己应该在某些情况下说某些话，做某些事，但我其实从来都没有。

这个气势慢慢觉醒并融入我身体里。有一次我穿过一处没有红绿灯的斑马线，这种斑马线意味着行人在任何情况下拥有通过的优先权。我左右看看，四下并没有汽车，于是准备通过。但这时不知从哪个拐角蹿出来个骑摩托车的人，差点撞到了我。他稍微减速并没有停下，并且突然大骂一声试图开走。如果是以前的我，就算心里大为光火，下意识也肯定是一言不发或只是小声咒骂。而不知道什么时候开始，我竟然质变了，在我自己还没反应过来的时候，就已经从胸腔里发出了一声大喊：“你说什么？”说罢瞪着眼睛，拳头握得紧紧的，垂在身体两边。那人豪横，估计很久没吃瘪了，只见他的背影哆嗦了一下，竟在不远处停了下来。直到他再次驶离，我都保持着这种姿势一动不动，眼睛也不眨一下。没错，他转过头来特别窝囊地赔了个笑脸，还满怀歉意地点了点头。

还有一次我在某个酒店，走过转角准备去餐厅吃早餐。这时，一个肥腻的中年男子低头刷着手机旁若无人地疾速走来。我虽然刚转过弯，但还是凭借下意识的运动反应侧过了身。只不过用心刷手机的他可走不了直线，还是直直撞上了我，并把自己的手机撞飞了出去。我手里的房卡也同样被撞得掉在地上。他不可思议地抬起头，眼神瞬间变得恶狠狠的，似乎想剥了我的皮。说来好笑，我如今本能地用一种近乎痴呆的表情回了过去。虽然痴呆，但我心里想的其实是："看我不一拳打在你的肥膘肚上让你把刚吃的早餐全吐出来……"怀着这样的心思，我歪着头，死死地盯着他。我们各自保持这种对峙近乎十秒，然后他移开了目光，低头去捡手机了。我慢慢转过身子，继续目视他捡手机，然后再目视他唰一下蹿进电梯，我才去捡我落在地上的房卡。

我感到很惊诧。这些事情发生得那么急促，我甚至都没被给予思考以及应对的时间，但我确实下意识流露出了一种与以往截然不同的做派。我从内心里感觉到，那并不是逞强，也不是装腔作势，它是种略带疯狂的不管不顾，及无畏无惧。也许是身体记住了曾经那些负荷，被那些训练和技巧所加固，于是它在暗中提升了自己的等级。当有人想要挑战它时，它就顺理成章地展现出这个新的，经过升级的富有压迫感的冷峻面庞。

最近的一次我去健身房锻炼，那会儿我正在组间休息和调整杠铃片。举重台正对着镜子，我的身后是一台做握推的器械，所以与别人同用这面镜子。这时在我身后传来几声不甚礼貌的吆喝，我回过头，一个人高马大的黑人正摆好了起始架势，神情中仿佛是说我阻碍了他在镜子里观察自己。接着他很不耐烦地“啧”了一声，并把头往旁边甩去，暗示我滚到一边。我当然又来了劲儿，转过身面对着他站在那里，脚一点儿也没往旁边移动，面无表情。

“对不起，我用一下这个镜子。”几秒的僵持后，他有些悻悻地说。

“没关系。”既然他会好好说话，我便马上走到旁边腾出地方。那种氛围立刻消失了。他做完一组我就走回去做我的一组，完成我的部分后我又自觉走到了旁边，示意他接下来可以继续进行。

“对不起啊。”他又说了一次，可能是看我还是面无表情。

“没关系。”我从始至终都以很淡薄的口吻回答。

过了一会儿在另外的区域碰到了，他又说了第三句对不起，我也说了第三次没关系。但我心想，这也只是看人下菜，我可没更多的好脸子。

虽然我经过训练，有一定的身体素质，但对于很多人，我选择硬碰硬也绝非明智之举。比如上面这位大哥，如果真有什么冲突，我可能并没有太多方法与之抗衡。后来我想，这些也许并不重要，法治社会没给任何人留有太多说动手就动手的余地，毕竟你先动手你就是全责。虽然大部分人装作凶神恶煞的样子，但其实他们根本不是疯子，心里明白着呢。这只是一种屡试不爽的令人不齿的把戏。

可以促成改变，让这些恶心收敛的，也许是更多人施以威吓，让他们知道好好说话其实并不难。当然如果你选择不好好说话，那么所引发的后续的场面也不会令你很好收场。不过，我以亲身实践感受到，想要自然地站在那个可以对抗和呵斥的群体可真不容易，它需要身心两者共同的硬气。我因此逐渐理解，为什么问起很多女生学习或想要学习打拳的理由，她们很多都会说是为了防身。其实所有人可能都明白，这些花拳绣腿在真正防身上面起不了什么作用。但这是一种对于安全感的追求，而这份安全感来自在暴乱的不文明行为中能够更自然更容易地坚守自我的道德，是一份自我坚硬度的提升，这种潜在的改变能够让人不惧胁迫，以及不轻易屈从于邪恶的把戏。当然，我必须得说，该跑就跑，相信警察，善用防狼喷雾的智慧也都要有。

这样的无所畏惧无疑是种好的信念。但我更希望文明能够进步，争端得以消解，令我们不必时常这么被动地剑拔弩张。

## 世界是个草台班子

这个说法最近越来越被人们留意并得到广泛认可，就此与大家闲话一番。

在揭露世界案底这件事上面，互联网绝对是功不可没。那些想被隐瞒的灰色猛料，经不住一丁点儿用心的起底，就被全盘拖出曝光在太阳底下。一个又一个“门”，一个又一个“塌房”，大家都愈发难以实施正确的表情管理，忍俊不禁。那些曾以为不食人间烟火、境界高深的能人异士，闹出来的八卦狗血却丝毫不输坊间低俗的奇闻野趣。这是怎么回事？怎能如此搞笑？

流水的历史，铁打的人性，只是更容易被查漏的剧情让一切显得尤其粗制滥造罢了。毕竟今时今日的人们，经历的可能是比起以往更快速、更彻底的人均程度的幻灭。以前还可能低着头只顾着自己那一亩三分田，只要你不卖力把耳朵竖起来往外拽，保管你半辈子也听不到什么有关新世界的信息。现在可不一样了，你一低头，整个世界都缩在小手机里冲你抛媚眼，急不可待地告诉你现世所有的秘密。这一了解可不得了，觉得还真的是行的话自己也能上。世界为啥是草台班子一个？因为甭管上演的剧情“是人是鬼”，背后的演员都是那个与我们没甚两样的另一个人。那人性的部分，没一星半点不同。

人性普遍慕强，好把一个人的能力放在组成中最主要的位置上，并下意识对其他条件进行模糊处理。这些摘出来的好条件，口耳相传，接下来会被进一步加工和美化，最终具备些许神的姿态。因为在人性的意识里，好的能力就自然得配好的品行，因为唯有样样比咱们好，这样的人走到更高的位子才是顺理成章，令人信服。这也可以说是人性倾向极端的体现，要么好要么不好，别扯什么好但不好，听着头疼。宁愿在截然不同的舆情里反复横跳，也不想没有个阵营可以依靠。因为不往两边站的话，我们就得捏着鼻子在一个恶人身上找寻他的优点，而这个过程中大片的灰色地带就要触发令人难安和产生怀疑的深层的思考。大家不愿意，因为大家只想追求点简单的小幸福。但我目前的认知是，虽然人都想获得简单的小幸福，但社会的进步将会要求我们首先面对更多这种思考所带来的“不幸福”。我们未来只会面对更多事件的揭露，使我们不得不明白这是因为人是那么容易出纰漏，被弱点摧毁。同时我们也会更容易看见，如果一个人缺乏良好自我的认知和对自身严格的要求，无论他的长处多么闪耀，都会慢慢被这种捧杀仪式所吞噬。

草台班子阴毒骇人的思想路径其实早已弥漫在各个角落。不光是那些有显著能力的人，我们所有人都面临着这种在环境中背离自身的风险。我常会听到一些沾沾自喜的论调，将自己的奸猾比作灵活，误以为人们是因为傻才无法认识到事实的真相。更甚者，即便是意识到自己的所作所为令人不齿，仍会给自己洗脑，认为自己这些陋习在一定的自我掩盖下都是会永远隐形，不足为惧的。毫无疑问，这些都会慢慢引发人性更剧烈的分崩离析。我们每个人都需要明白，正是这种分崩离析使人迷失和堕落，而客观地区分他人的能力和品行，意识到人性的多面性，无疑正是对同样身为草台班子成员中的我们自身相当有益的提示。

能够化繁为简，可以说是未来对人们提出的最大要求。在那些尽力统合和完善自我的人身上，不管他到底个性如何，我们都能看到某种“返璞归真”。心中经历的复杂感受，如果为人所看重，其实并不会让一个人显得沉重及阴暗，反而会带来那样看起来很单纯的朝气。倒是那些魔怔地粉饰外在条件，物化、抑制自己的内心，试图掩盖自己心灵需求的人，都会像匆匆补好的器皿，会从中慢慢渗出虚伪的汁液，然后在某种压力的作用下忽然彻底地分崩离析。

我们老祖宗早就说得明白，为人要中正，苦口婆心地劝诫大家不要总往两边嘚瑟。所谓中正，不过是心居正位，不断修正。正视优点，但绝不忽视缺陷，去发扬你的优点，改正你的不足。听起来是最没个性、最不令人耐烦的，但那些所谓草台班子倒塌的事件里，无一不是缺少了这种“无聊”的自我监督。最后的结局是，只能在小黑屋硬板床的正中，去体会以后这度日如年的日子是不是才叫真的无聊。

草台班子不假，但我们仍要想着如何去演好自己的角色。如果有一天人人都去演鬼，那世界才会真的变成百鬼夜行，化身炼狱。所以，如果有谁不仅不时常反省，还把披着块皮当作是自己或其他人作奸犯科的合理背书，那么你得留心，这人八成是个坏种。

# 山的背面，放起烟火

第二天走向芽庄的海滩时，阳光与昨天的耀眼光辉并无不同，万里无云的蓝天之下是晒得发白的沙子，向前看没有尽头，向后看没有止境。

我挑选了海面漂浮着更多垃圾的一处落脚点，铺开了大大的浴巾。我要确保人们不愿在这里驻足，就算是经过，也会因为景色的贫瘠而加快脚步走开。

昨天，我也是紧闭着眼，无所事事地躺在这里，任由身子舒展，汗水从额角渗出。许久，周围有人玩耍起来，小孩也发出尖细的叫声。先前我来时是没有人的，于是我缓缓回神，坐起了身。我下意识转头，目光逐渐聚焦在身后休闲的人群身上，也同时看到洁白的浴巾之上，我刚刚头枕过的地方，有一片血红。

这意外的色彩使我大吸一口凉气，马上用手去摸汗湿的头发，放在眼前一看，手中汗水仍似泛着浅浅血光。

不痛不痒却异于寻常，我着实被这样的画面恫吓了。那个当下，不知怎么的，我忽然迅速并明确地感到周围完全没有人注意到我，更别说我身上的疑虑和窘迫。几乎是瞬息之间，我就被罩在了一个只有我看得到外部的玻璃罩里。那与外部应有的连接瞬间被切断了信号，坠落到不知哪里。我感到周围的一切开始渐渐颗粒化，人群沙沙作响，海的气息，孩子手里冰激凌的甜香，浓烈的香水味，混合着海浪和海鸟的声音，全部融合成一团名为白噪音的形状。

几秒后，我的意识当然又顺理成章连接了回来。我方才想到，不过是先前染的鲜红色头发还处在浓烈的褪色阶段……真是没个心肝的神经病！我想着，这使我哈哈大笑了出来，复又轻松地向后仰躺。“只不过……”我的心脏仍然突突地跳得厉害，不是因为贪生怕死，而是还有个残存着的声音在小声嘟囔着，“真是可怕的感觉啊。”

我已经不记得是什么契机使我去了越南，想必又是一次任性的旅行。常常令我感到有点生气又苦恼的事情是，包括旅行在内，不管是再精彩的事情，我都只能凭借下意识而非记忆力，勉强记住其中不太值得叙述的那些部分。关于这趟旅程，我只记得令人相当疲惫。凌晨的飞机飞了很久，我在飞机上通常无法睡眠，因此觉得度日如年。但即使感受到的时间那么漫长，抵达的时候天却仍未亮起。接着通过的士来到某个旅游集散中心，乘坐一辆大巴车前往大叻。坐大巴仍然是颇长的路程，等到天光完全现身，车已经在沿着山体慢慢盘旋了。

这让我想起小时候去姥姥姥爷家，要在凌晨就起床赶去汽车站。摸着黑，迷迷糊糊穿梭在那些车灯的光点和机油的气味中。也是等好一会儿天渐渐亮起来，才发现汽车已经驶入了秦岭的群山里，盘着这座山，正翻往另一座山。所有人都因疲惫而恍惚。

那时常听大人讲，哪辆哪辆车，又在盘山时滚下山崖，全车无人生还。我只记住了这些讯息，并下意识每次把它们带来的骇人感受，与眼前深山老林那别样的，似乎永远严肃的绿意结合在一起。同时混入的还有汽车谨慎行驶于之上的，崎岖颠簸的公路，与人们期盼但提心吊胆的脸色。全部混合在一起得出的结论是：我对事故发生的可能从不怀疑。那时候我便一直觉得，人们去往别的地方，怎么那么折腾，为什么非要做出这么大的牺牲？

不管去哪儿，都耗尽精力；明明可以不去，为什么一定要去呢？但感觉就是有种力量盘踞在那里，促使人们不得不去。

不知道我对于独自旅行的热衷是否正是源于这样一种意识，或是承接了我内心很早以前就已经做出的判断：被动地生存是为了主动浪费作为犒赏所获得的时间，以及对时间最大的敬意正是如此开心地挥霍它。无论是较长的飞行，转机，长途汽车，还是短暂地在咖啡厅里发呆，在街上没有计划地徘徊，或在餐厅眼巴巴地敲着桌子等待上菜……我似乎是甘之如饴地希望，被这些稍显无聊而无须着重笔墨的片段占据旅行中的大部分时光。

没有机会放空的话，我通常也会主动缔造。比如和旅行的同伴说："今天我们各自张罗，晚饭见！"话虽这么说，但与同伴分开后，我基本上什么事情也不做。如果我编造了什么理由，那一定是假的，我只是羞于说出我那套根本就站不住脚的理论。

有时候我会自己问自己："这趟旅程你干了什么？"

"当然，有很多事情，我们去了一间很不错的餐厅，在中心广场逛了几个小时，稍后又在综合商业街购买了纪念品。这个城市风景非常宜人，建筑也很精巧独特。总的来说……"我手舞足蹈地宣讲。

"有什么地方是可以改进的吗？"另一个我毫不留情地打断了我的演说。

"如果有更多机会了解当地的文化和习俗，那就更好了。有些博物馆和历史遗迹这次还没来得及看，但那样的话，就需要更长的时间，再多一两个月吧。"

另一个我给了我一个手势，示意我可以就此停下来。

“我认为这只是你在跟随别人，仿造他人的语音和思想所说出来的话。你像机器一样录入了那些信息，但你其实并不在意。现在我就要绕到你的背面提问，这下你要跟我认真地说几句话哟。”

“好吧。”我有些尴尬，但安静了下来。

“那个需要很久才能到达的地方，你去到了吗？”

“我想是的。”

“真的发生了很多新奇的事情吗？”

“没有。”

另一个我显现出有些吃惊但同时萌生出兴致的样子。

“什么也没有。”我再次复述。

“那你觉得怎么样呢？”

“我觉得……算了，一两句话也说不清楚。还是算了吧。”

“请你说吧。”

“我觉得只要有一两件事被我记得，它们就永远镶嵌在我捂住的掌心里。我把眼睛凑过去，它们会像夜光玩具那样发出若隐若现的亮光，一直流淌着，变幻着，怎么看也不会腻。平时在生活中我会忘了这些，记不起来，什么也感觉不到，觉得一辈子总在白过，摊开双手也什么都没有。但只要我把掌心合起来，意识到那里一片漆黑，我再把眼睛贴上去，所有闪亮的东西就都慢慢原封不动地浮出水面。那里永远散发着梦幻的光泽。”

“谢谢你，我觉得很棒。”

“谢谢你问我，我也这么觉得。”

我临时加入两位好朋友的东欧之旅，她们已经定好了行程，所以我自己另行订了别的青旅和民宿。她们在前往住处的时候，我也同时在别的地方等待与房东碰面或找寻藏在哪里的钥匙。吃完晚饭她们回去休息，我就回到住所跟房东以及他们的孩子们聊天玩耍。

前脚还在跟朋友聊很都市的话题，不一会儿就咿咿呀呀跟小孩堆起积木。时间分割成晶体的面，我沿着它的表面不停往返。我记得其中有个住处在斯洛伐克的一片小山坡后面，某个夜晚打车回去，司机不知怎么没有绕过它，而是不由分说地把我放在了这个山坡侧面难以辨清道路的某个地方。他示意我已经到达，但我脚边只有一片草丛。我再三比画也没达成相互的理解，于是我索性下了车决定走路穿过去。夜渐深，我跟着手机若有似无的导航，打开手电筒慢慢朝我直觉认为的方向走去。草丛十分厚实茂盛，想必平时肯定没什么人选择从这儿通行，因为地图上也没有标示这里有任何道路。同时，旁边一大片漆黑茂密的树木如同怪物多毛的后背，使这个小坡比看起来更庞大了许多。我蹑手蹑脚走着，忽然不远处传出了些急促的声响，吓了我一跳，原来是几只小刺猬沿着脚边跑过去了。

很多年后，我已经淡忘了。有一次，我的一位音乐人朋友很随机地为我先前所作并很喜爱的诗歌编排了一段demo（录音样带）。我听着那段音乐，她先是若有似无地哼唱了一会儿，游弋在那些我用简短的诗句所营造的空间里，仿佛仍在探索，然后她唱了句也许是她自己随律动感受到的，原本并不写在我诗歌里的内容："树林间，穿过幽暗的歌……”非常缓慢悠长的旋律。

我蓦地被拉回到那段小路。幽暗的旋律仿佛忽然提示了我：时光有另外一种可能。在脚下的路随时会形成分叉，一条可能由别的司机直直带你去往的住宅区的正门；另一条则悄无声息地出现在你脚下，成为那条确切的，你所真正行走着的，漆黑的路。

晶体的面被代表着可能性的激光切割着。忽然，我明白我在东欧旅行时那种异样感觉的来源：不是因为我在短时间，在两种完全不同感觉和频次的生活情景中切换，因此匆忙和劳累；而是我感觉到，事物的面与面都连接着。可能永远也去不到某个想去的面，也可能在某个厌恶的面停留一辈子。而我一点也不知道我将出现在哪里。这种感觉，不仅令我感到迷失，也会大量折损我的热情。

东欧的旅程结束后，春假还有剩余的时间。本来准备返程稍作休息再和同学们一起由伦敦去往西班牙当地的一个同学家做客，结果与在东欧的朋友聊起来，才被提醒发现自己的签证原来是单次入境。我匆忙改换行程，一个人先飞去了临近的巴塞罗那。

和在哪里都一样的，我在街上散漫地行走，有感到不错的地方就坐下来写写画画。那时西班牙的天气已炎热，我带的衣服便显得不合时宜。穿着很清凉的人群熙熙攘攘，传播着空气中的热分子，让我的皮肤偷偷在厚布料底下渗出了一层汗水。天气是一种容易怪罪的原因，另一个显而易见的原因是：炎热的天气容易造就快乐和直白的天性，那种人群的氛围常常让我感到有些紧张。

后来我听到一种戏说，说热带地区不产生哲学，那些艰涩难懂的生命思考都发源并发展于更高纬度的地区。我不能说自己同意这种看法，但我同时觉得热带地区的人们确实会把这些无所裨益的理论和思想方针通过排汗一样的方式排出体外。在那么长和猛烈的日照下，不出门冲浪和晒太阳是不正常和不能被原谅的。

但就是那样无可挑剔的热带海滩，也是会催生出恐怖感受的不是吗？后来我离开了芽庄前往胡志明市，这样的感觉却愈发强烈。无论是吃饭还是喝咖啡，无论是在哪儿，周围的人和声音都像愈发不可控的山火，向外溅射。有时旁边坐着一个人，但很快他就会再召集两三个人，最后变成一大群人欢声笑语。

那是个充满光芒的明亮世界，是世界用它的正面骄傲示人的模样，是一部分吸取着热量反射着光明的晶体切面。我热爱它，但同时我也感到，有些部分的我被非常坚决地排除在了它的外面。

尽管我自己一个人时并没有太多察觉，但据旁观者说，我通常都神情严肃，并不释放多少快乐宜人的气氛，所以基本上没有什么人会跟我搭讪说闲话。我就像个幽灵，飘浮在巴塞罗那漂亮建筑投下的影子里，沿着墙根行走，默默在一群笑得很大声的南欧人中间谨慎地吃着一小盘饭菜。晚上我闲来无事想去喝一杯，却不巧总是碰到足球疯子和在晚上九点就已经喝得烂醉的人。

“房子今天就可以入住了，你不用等到明天大家一起会合，下午就可以先过去。如果你喜欢的话。”收到朋友短信的时候，我正百无聊赖地躺在小旅馆里充斥着消毒水味道的单人床上。离火辣热气占满的主干道只需要一个转角，这里却丝毫不受到光照和通风的关照。如果不是收到这条短信，我几乎觉得恐怕要从这个中午一直沉睡到第二天。

我于是马上订了机票，拉着行李箱走出了小巷。当时我还不知道，在以后的许多旅程中，以及人生中，我都会有这种忽然降临的虚空感受。无论我是否有忙碌的行程表，或者是否正被人群环绕，这种感觉都会攀附上我的心灵，让一切自发地暗淡下去。然后我会想到“作茧自缚”这样的词语，进而联想到做出这样举动的那些昆虫。那种笨重的步伐是因为视角的缺失而造成的吗？它盲目且迷惘，因为尚不知道迎接它的是也许更加难以接受的，成为茧的命运。即便通过现在缓慢的身躯，可以推测出将来在茧中将面临同样艰难而笨拙的扭动，但谁敢预言它原来可以蜕变成完全不同的，别的模样的昆虫？我觉得情形对我来说是类似的：在出乎意料漫长与难忍的时间里，我不敢做出任何假设。我默默地跟在后面，默默成为茧。

从沿着海岸行驶的车里看出去，这座明丽的小岛逐渐显现它的模样。手机信号在强弱之间来回跳动了一会儿，然后消失了。同时消失的还有巴塞罗那过度的热情和我深深的不安。

“如果你没事干的话，或者你还有多余的精力，”我的当地朋友建议我，“我哥哥一家就住在我们旁边，你可以先去拜访他们。”

朋友的哥哥非常亲切，马上邀请我跟他们一家人一起吃晚饭。孩子们开始都还害羞，低着头不太敢看眼前这个陌生的东方人。我于是迅速施展我的逗笑功力，收益颇丰。刚吃了没几口饭，他们就跟我打成了一片。孩子的爱特别容易升温，晚饭后没多久，两个小伙子和一个小姑娘三人就恨不得各自拽着我的手脚，把我分成三块。他们充满活力地与我分享恐龙、玩具、作业和绘画，以及小宝箱世界中其他的一切。这时语言中略微的不通畅当然是无伤大雅的，即使发出怪声大家也会顺理成章哈哈大笑。时间过得飞快，夜深了，我准备回去，孩子们却马上前来阻拦，他们执意让我在房间里跟他们三个一起睡。

我钻进地铺里，脱下袜子，然后拿出来在鼻子旁猛地一嗅，并装出难以忍受臭味的表情，逗得他们哈哈大笑。接着我作势要把袜子往他们身上扔，他们又疯狂地尖叫起来。

“好了好了，疯完了，要睡觉啦！”我把袜子放在一边，起身关了灯。孩子们还在小声嬉闹，但很快就睡着了。小孩子做什么都快得惊人，不像我。

在彻底进入梦乡之前，我想，这座海岛是什么时候形成的？当然，我总是这样没什么缘由地乱想。它是经年累月浮出水面的，还是它一直在母体大陆的边缘然后慢慢被海水分割？无论怎样，我觉得一切连同这一天都显得十分漫长，然后浓重的睡意侵袭了我，我睡着了。

第二天吃过午饭，朋友们才提着大包小包姗姗来迟。回到家的西班牙朋友自然特别高兴地冲在前面，他原本等着他的好侄儿们扑上来热烈欢迎他，亲他，爱他。但等敲了门进来，三个小人儿还坐在沙发上纹丝不动。我们正窝在一起欢快地看电视。“喂！你们看谁回来了！”朋友假装生气地站在进门处，双手叉腰。我们一齐转过头去，开心地向他挥手。

后来我的朋友告诉我，通常三个小孩都会奔跑着冲到门口迎接他，围着他团团转。在他看到我们坐在沙发上齐齐盯着电视的时候，他从内心里感到非常妒忌。

“说真的，我觉得你偷走了我的家庭。孩子们太爱你了。”

“孩子们通常都很爱我。”我笑着拍拍他的肩膀，“还好我只待几天，不然你会更生气。开玩笑的，我只是个最大号的玩具。现在，开心起来吧！”

在孩子的世界里，时间度量衡的单位非常有限，所以通常只会在意当下，或者再遥远一点的地方，比如明天。所以当你安慰他们说“明天就会好的”“我们明天再做这件事”，他们就会立刻觉得愿望已经在未来达成，转瞬笑逐颜开。

同样的，如果你们共同度过美好的一天，哪怕只有一天，他们也会记得清清楚楚。因为那天的所有，他们都会用它来描绘未来的一切。哪怕这样的未来永远不会发生。

我觉得小孩子亲近我，不仅仅因为我常常会做特别奇怪好笑的表情，也因为或许感受到我身上有时体现出跟他们相同的，适应时间的方式。

“没那么多新奇的事。”

“生命的回忆大都微缩在很小的，不值得称道的动态画面里。”

“其他人，道之为平常。”

…………

我的笔记里，时常写有这样类型的句子。我断断续续记录着，发现自己总是发出对于时间的喟叹。

在汽车盘山时——从小我就想——车子当然可能会这么掉下去。那就会是我的最后一天。

让我再好好看两眼这无聊的风景吧。

正面，反面；里面，外面；发生故事的时间，等待的时间，弥足珍贵的时间，度日如年的时间……它们看不见的交接处在哪里？它们之间又究竟有什么不同？我时常在问这样的问题。

当我还是个孩子的时候，我也无忧无虑，所以我自然不去想，理所应当地认为时间只有一种可能。但现在我总是倾向于构想成千上万种时间流向的可能，虽然当我真正伸出手时，我只会随便抓住其中一个。我也只可能抓住一个，难道不是这样吗？

我读研究生时的方向，用现在的话说实在是有点“丧”了。论文题目是“在当代艺术中我们如何表达生命与死亡”。我翻阅了很多资料，观看了不同类型的艺术作品及影像，并非常着迷于那些也许并不复杂的画面中所透露出的超时空气质。没错，几乎每一件跟生命有关的作品，在它身上都有深深的时间的影子。大家好像最终都不约而同地认为：生命不仅是自我创生束之高阁的作品，更是时间的流逝和相互交错。又或者，那只是一个个不起眼的瞬间。

那段时间我经常乘地铁去郊外，去我方便到达的最远的地方。我把采摘的很多菌子放在装三明治的塑料袋子里带回家，把它们依次贴在家里的墙上。基础的生物知识告诉我们，菌类属于自然界中的分解者，当生态系统中其他个体死亡之后，分解者将会把它们的遗骸转化成养分重新投入生态圈。一株株以菌丝状冒出头来的蘑菇，就像是死神监督着生命的轮回。

那么死神会经历什么呢？我觉得这个答案同样适合观察着这些问题的我。

我很喜欢一个理论：在整片森林之下，所有树木的根须都是相互交缠在一起的，如此深而密集，所以其实表面上看起来的单独个体实则是以整体的形式完完全全连接的。新的树木出现，老的树死亡，哪棵树得病了……所有信息，早已通过根须传递给每棵树。

在三明治的袋子里，作为分解者的菌菇渐渐破败、腐烂，流出汁液，在腐体和汁液的混合物里生长出一种小蠕虫，接着蠕虫会啃食剩下的一些块状物生存一段时间，最终所有物体消解融合成为一袋浓稠的、黑乎乎的液体。有很多次朋友来家里，望着我墙上这些东西感到奇怪，问这是什么。我向他们讲解以后他们都大为不解，说："我的天哪，你怎么搞了这么多这么奇怪恶心的东西？"我没告诉他们我还经常靠得很近用放大镜观察，以及倾倒出来进行分析呢。他们肯定更受不了。

一个接管了别的生命养分的生物，也会把这

份生命原原本本归还出去。一棵垂死的树，从它的根须处知晓了另一棵树的新生，它会由衷地感到喜悦，这份喜悦的信息也使新的根须承载并延续了它的生命。我的无忧无虑是在渐渐生长的过程中变成了忧虑吗？我学习，获得了知识和概念，感到了人生的无常，却还是逐渐困在了那里。在我无可选择的时候，我开始随便抓住什么，这能够称为无忧无虑吗？还是这只是自甘堕落的另一种假装高深的说辞？

那坨黑乎乎的东西盯着我，久了我觉得那就是宇宙和时间的模样。是陷入黑夜的星球，是事物背后那些引发恐惧的症结。

我回看着它，长久注视。我想象着眼前是一个最深、最黑暗的泥潭，然后我把所有器官都摘下来扔了进去。

我现在倾向于觉得人天生就是一身忧虑的，人们要学习转化这种忧虑，从而变得满身忧虑却无忧无虑。

伦敦秋天里一个无事可做的午后三点，彼时我垫了好几个枕头在颈后，瘫在那里摆弄电脑。忽然一个声音从我后脑两耳侧悄然而至，迅速攀缘而上到达头顶——“我还没去过威尔士呢！”

如此念叨着，指尖在手边的电脑上拉开一张地图。滑动，放大，眼球快速转动……没多久，便随机锁定了一处绿色标识的自然景区。这当然也是我最熟悉的，随便抓取目标的方法。只要有这个目标，不管是什么目标，一切就会变得顺水推舟。正如现在，我随便检索这个地址，就能找到好些附近的旅店，以及精确到分钟的路程动线。

随后我踏上了旅程，身着冲锋衣，脚踩防水登山鞋，小包里随意装两块面包，便是不再回望的派头。步行，坐公交车，到火车站时已迎来晚高峰。我随着人流踏上一班列车，当终于坐下的时候，天黑得已经辨识不出窗外的景物。下了火车再到附近转接一班找寻起来相当费力的公交车，然后朝着粗粝的城市的边角驶去。车站附近连绵的灯光，很快随着汽车驶离而再次模糊难辨，暗淡下去。而后车子驶上了一段砂石路，灯光也彻底销匿不见了。

在我的印象里，我走过很多夜晚的路都是没有灯光的。尽管从远处、飞机上看我总觉得不管哪里的夜晚都灯火辉煌，但走进城区才发现事实并不是这样。不过我似乎也没产生过太多惧怕。一方面也许是因为，我觉得地球上已知的每寸土地，都已有人踏足。这些巨大的，由探索引发的恐惧，亦早由开荒的人承担。就比如我稍后在伸手不见五指的一段窄窄的上坡路边下了车，我当然认为在这样的路上开车毫无疑问不是什么舒心的事，而实际上这班车已被不同的司机在这条线路上开过去无数次。如今它仍载着剩下的三两乘客，平常地驶向更远处黑暗的未知里，眼睛也不会多眨一下。另一方面，我也认为应该更加合理平等地看待事物的对面，给黑夜以更加客观的评价——那不过是夜行性动物们的白天罢了。

我再次依照着对方向的印象缓缓向前移动。“真是个不好找的犄角旮旯，怪不得这么便宜。”我一边想着，适应了黑暗后，眼睛也慢慢分得清山路的剪影，小小的战栗随之化为眼前的宁谧。右前方此时出现了竖有木牌的岔路，再走几步就看到了矮屋十分昏暗的灯光。然后找到门口挂灯背面的钥匙，进入前厅，踏着一段嘎嘎吱吱的木头台阶走向二楼。房间里放置着一张大摇椅，空气里弥漫着从楼下飘来的整间屋子都能闻到的柴火味，让每个角落如今都吐露着一股老年但温馨的气味。小时候读过的童话故事显现出来，流放之人在黑夜偶遇一幢房屋，沙漠的绿洲，荒凉而亲切。

想象着剧情里烤面包的味道，或者稍后会被怪物吃掉的情形，我打了个盹。可能由于安静至极，任何微小的声音都显得明显，我恍然觉得在不深的睡眠中听到了水潺潺流过的声音，于是醒了过来。

不是来自水妖的蛊惑，而是出于对自我感知的确信。我确信经过忽然的冲动，麻烦的转车，及累到睡着等一系列连贯动作后，时间仍然留在今天。

“那个需要很久才能到达的地方……”我嘀咕着，披上衣服，径直出了门，向认定的水源之地走去。此时已不再有公交车经过，只剩更加深邃的星星与月亮，伴随着风的暗语微微示意。

我躬身朝低处探索，那里的空气又湿又凉。我摸着黑走下石阶，拨开草丛，只见依稀反射着月光的波纹织成长长一片，眼前竟真的出现了湖泊。

“人为什么要从海底爬上陆地呢？”

“是因为必须追寻太阳的光芒吗？”

“花了多久呢？曾经有想过退却吗？现在……遗憾吗？”

…………

在我站定在水边，头脑呆滞的片刻，我再次想到一些久远的问题，一些在繁忙的当代不应该费心去探寻，因为极其缺乏现实意义的问题。但我发现，这些问题在任何时候都很适合我。我是个有点固执的人，如果我对事物不在它们的背后理出关系，我就永远不能真正了解它们中的任何。

在基因的另一半螺旋里，空气是否其实是像水草表面的气泡那样存在着，作为人类祖先退化掉的鳃部的纪念。人们史前的化身在海洋深处居住很久，那里完全照射不到阳光，所以不知道一天的时间该有多长。太阳历法是陆地的规则。直到原始先祖游向浅水，冲破海面，才扣响了新纪元的扳机，改变了集体的记忆。

编造神话故事的人，说天上一天地上十年，所依据的是不是这种混沌的时间记忆？失眠的夜晚，黑暗中的时间感知上被显著地拉长，这是不是也来自没有光照的恐惧？不会发光的时间是否存在一套另行的运转规则？什么时候光出现了？光到底是什么？

这些东西，老早就已经忘了。

仿佛是从最深的海底传来轰隆隆的响声，不知道站了多久的我此刻回过神来。那声音还在依次渐开，仿佛火车远远驶来，驶出隧道，驶入平原，预告着将有别样的场面在不远处发生。我于是懵懂地抬头追随而去。远山乌泱泱的形体彼此相连，它们连绵的剪影之后，围绕着的淡淡的云朵，正朦胧地变幻着光彩。那是种在烟火四周看得到的、光的样貌。

但怎么会……为什么会有人，在那样的时间，那样的地点，燃放起烟火？

我的念头紧接着也随烟花燃放起来。我不由得想到为毕业作品所拍摄的一支影像。它没有什么特别详细的故事脚本，所表达的既可以是放手、接纳与忘怀，也可以是此生和来世。有一段中，主人公脱掉了鲜红的袜子，她曾穿着它略显正式地立定，也曾休闲地随便把脚搁到一边，有过踟蹰，也划出过伤口。最后，她把袜子脱下来放进了水里，袜子先是漂浮着，而后吸水沉了下去。接着红墨水从它表面源源不断地渗透出来，最终它融化为一摊血水。另一段，三个人并排坐着，他们身着黑衣，仿佛在参加一场葬礼。中间的人把手摊开伸向两边，与左右两侧的人同样伸出的手连在一起。在手的连接处，洁白的菌丝像绵密的羊毛生长出来。后来旁边的两人依次起身离开了。尽管不舍，但让他们得以拼合的菌丝最终还是被撕扯了开来，只剩下中间那人手上的那一小部分，像将熄的火苗那般虚弱地摇晃着。最后，她把这些共有的记忆轻轻收放在掌心中。她仍然坐在那里没有起身，只是收紧了手掌……他们前来参加的，正是她的葬礼。

提交作品前，有一度我甚至怀疑自己的题材是否有点过于阴暗。但一方面时间上已来不及重做，另一方面我也不打算过多地阐述具体构想，而是只把它们当作提供氛围的笼统的视觉材料。我想着，随便吧，就这样吧，一股脑儿把它们塞进了我的暗室装置里。

有位老奶奶拿着我的宣传卡片站在那里，她盯着投射在墙上的影片看了很久。黑屏，重新放映，她又看了一遍。她的老伴已经看完在外面等她了。

“请问，你是这些作品的作者吗？”她再次环顾整个暗室，终于有点害羞地向我走来。

“是的。我注意到您在这里观看了很久，您喜欢这个作品吗？”我用社交的姿态微笑问询。

“我很喜欢！我……”她的脸忽然被什么东西点亮，也许是影片再次开始放映带来的光，使她瞬间拥有了声色。她接着说：“我想到一些事情。我真的……想到我毕业舞会时穿的那双红色舞鞋。那真是特别漂亮的一双鞋。我有多久没想起过它了？我早都不知道它在哪里了。”

她的眼眶突然间红了：“那是我人生中最漂亮的时候。那是，最美的一天。”有一滴细小的泪，此刻从她左眼的内眼角渗出，沿着鼻侧的深谷滑落下去。

“谢谢你告诉我这些……”我伸出手握住她的手，喉咙发紧，不知该再说些什么。

她笑着点点头，恢复了平静，然后说她很高兴，我是这么热情的一个人。我有些意外，不知道“热情”这个词语究竟出自眼下这个四处漆黑的房间的哪个角落。她让我加油，祝我成功，然后轻轻地把卡片放进包里，离开了。

在那两个独立运作的时间截面的交叉处，有一些片段相互连接着，把我在同一时间带到不同的地方。黑暗的房间里播放着投屏影像，它的光也是这样蒙昧不清地打在观者脸上。日冕，鱼群的影子，想象中的生命。很久很久的时间里，似是而非的烟火尽情燃放，最美好的记忆也短暂如斯……

一场很长的睡眠后，我在家庭旅馆陈旧的小床上醒来，怔怔地望着天花板。清晨的鸟儿毫不费力地炫耀着清脆的嗓音，昨天的一切是否曾经真的发生？我真的从小憩中醒来了吗？我曾经在夜里走出这间旅馆了吗？……我于是猛地坐起身来，拉开手边厚重的窗帘——

氤氲着薄雾的山峦，如庭园般错落有致的树木和花草，它们一起怀抱着那片梦想成真的湖泊。

第一次去日本旅行时，我带了很多漂亮衣服，预想充分摆拍，并以十二分精神品尝道地美食甜点。不管是新宿和涩谷的潮流，还是表参道和代官山的精致，所有新鲜富有活力的都市氛围都让人目不暇接，直呼过瘾。

几天后，与朋友们一起的行程结束了，我仍有些空余的时间。我感觉那种挤压的感觉再次隐约出现，于是随便在哪个乡下预订了一间民宿。我预想游走乡间，整理先前的旅行细节写点游记，然后在传统和式房间里安静地读读书。

乡下的时间比城市慢得多。前些天随便逛街就能逛到晚饭时间，而现在完成了所有待办事项仍然有大把时间等待填充。房东看我坐在餐桌旁发呆，就跟我有一搭没一搭地聊了起来。没过一会儿，我就再次侵入了别人的生活，陪他去幼儿园接孩子，然后一起去逛超市买菜，接着做饭。晚饭后我回到房间休息，睡前他敲敲我的门，我以为是询问第二天的早餐事项，没想到他是来问我要不要明天一大早跟他去乘坐热气球。

“热气球？”我皱着眉歪着头，再三确认真的是那个在天上飞的热气球。因为实在有点摸不着头脑，所以我从来没把这个项目跟日本联系在一起过。

“对，我们当地有一个热气球协会，我是其中的得力成员。明天清晨我们刚好要试飞一次，我跟他们说我家来了个朋友，你要想来玩的话，欢迎你免费上去乘坐。”

伴随着春天依旧还稍凉的风，天光刚透进来我就起床了。吃过早餐，房东就开着他的小卡车载着我们前往不远处的一片用来起飞热气球的空地。在跑道上礼貌地跟在场的人寒暄了一下，我们便乘上了热气球。

火焰轰轰地喷发起来，热气球的篮子以微妙的角度和触感，抵抗着自身及所加入的人们的重量，慢慢往高处飞去。眼睛所看到的，从脚下的大片樱花花瓣开始，缓缓拉远，接着一棵接一棵满开的樱花树悄然出现，连成队列。再然后，所有农田、房屋、树木，都出现在那个整齐精致的棋盘格里。它们被稳稳当当地放置其中。

从海洋到地面，从地面到天空……生命的物质和它们所有的棱面都在这里被揭示，以此展陈在面前。

“那个需要很久才能到达的地方，你去到了吗？”

“是的，都是意外之喜……”

我意外地来到威尔士的某片山地，已经忘记了它是什么地方。第二天，还发生了更多能在脑海中落下笔墨的有趣的事。首先是我走在山的深处、很突兀地在一条羊肠小径上发现路中间有个被丢弃的，装满东西的白色塑料袋。我想到了很多诡异电影里的场景，认为那里面极有可能装着些血淋淋的人体组织或器官。然而当我撩开它，发现是厚厚一沓已被翻得脱页的成人杂志。

不仅民风彪悍，动物也不遑多让。过了一会儿，我走到一片放牧区，泥泞的小路两旁很多奶牛在吃草。又走了几步，眼前出现了一个泥泞的水坑，我正在犹豫要不要冲刺跳过去，这时，一头休闲的奶牛正在过马路，显然它已经很久没有见过外地背包客，尤其还是一个看起来马上要扑过来的，于是它突然被吓得脚一滑，四脚朝天地摔进泥坑里。更疯狂的是，它的惊惶显然还传递到身后另一头牛的身上，它紧随着前者也摔在了旁边，并因此发出很不得体的叫声。我实在忍不住了，放声大笑起来。那天一直下着蒙蒙细雨，天气不算好。我走了一天路，也没看见一个路人。因此我不怕被谁听见，笑得更加肆无忌惮，响彻云霄。

临别前，由于走得过于随性散漫，我又走到一条死路尽头。乘车的马路在远方依稀可见，我却面对着一片荒草丛生的凹地，得穿过去才能到达，否则就要再绕一大圈。我试探性地沿着坡滑下去，发现稍微湿滑的地上长着一团团低矮的草，但还算硬实，应该不是沼泽。于是我开始用手拨开差不多跟我等身的草，向对岸走去。

登山鞋咔嚓咔嚓地碰撞着脚下的土地与有些冻得发硬的植物，冲锋衣与植物的枝叶摩擦发出沙沙的声音。这些单调的节拍，已初具催眠的特性，让这段乏味的野路显得越来越长。

我渐渐加速，想摆脱头脑中那种昏暗的念头，于是奔跑了起来，雨雾加速拍打在我脸上，风依然有些许刺骨。

但我越跑越快，越跑越疯狂，很快就爬上了对面那条马路。

我把手掌摊开，有关故事的记忆都消失了。生活依旧十分平常，我仍然觉得不管去到哪里，都花费了相当的时间。公交车怎么还不来，我几点能吃饭，诸如此类。而我也丝毫没怀疑过那都是些缺乏重要性的、无聊的时间。

即便只是短暂地去往几十米开外的地方，在这个距离来来回回，也为它用尽了人生。

眼前你所见的一切，一栋大楼、一座桥、一个千万人的城市、一个没人记得的地球荒芜的角落，其实形成它们也都耗尽了时间。但因为实在太长，不宜记述，我们就把它叫作自然、大环境，放在了一边。我们没有那么容易考虑到星球的灭绝，是因为我们觉得这些东西放在那里就会一直存在，陪着无论多少后代一直尽心尽力服务下去。

我们一直在用尽所有现在，去试图通往未来。

那些短暂、不起眼的事物时常容易消失得无影无踪，比如烟火。从形成到坠落，是肉眼可见的更短促的时间。但人们一直都在描绘它的美，从不放弃它那实则短促的悲哀生命。因为，如果你记得它的样子，它燃放的每一步，它跳跃的光点、坠落的丝线，你就可以在内心无数次重放，使它拥有匹敌人类生命的时长。事实上我觉得我们甚至拥有和第一个看到烟花燃放的人相同的记忆。从那时到现在，是多么令人畏惧的时长。

这些记忆仍在重塑成为新的波纹，叠加、延伸着，不断编织成下一刻你的生活、体会和感受。那是人渴望存在的，最本真的源头。

用眼睛靠近捂起来的黑暗的掌心，我被再次带回山的背面，海的底部。那里是我向你描述的所有故事开始的地方，未来这些故事也随着它的消失将被彻底埋没和销毁。宇宙另一头仍在绽放漫长年华，我觉得这两者原本就连接在一起，发光的事物布满了时空。

我说的这些不起眼的杂闻都是老生常谈，因为可以想起和值得叙述的东西并不多。但如果我选择一五一十地讲述，像讲述真正价值连城的宝物，那么它的光彩就会散发出来，在夜空中显现，投出那些模糊的光。你是否有种心头发亮的感觉呢？那是因为你接收到了那些光，同时那些光会使你想起很多自己人生的篇章。那是一瞬间就消失的事吗？其实距离它们发生，已经过去很长时间了，你却仍在想起。

这就是关于这个世界，我所知道的，一点粗浅的秘密，一点有关时间的秘密——

我并不懂得更多，我只知道在天亮之前仍有无数的烟花在我们手边等待燃放。你有太多选择，在那个掌心合起的世界，睁开眼，万紫千红。

要知道，明天真的是一件非常遥远的事。

# 后记 依旧

## 1

二〇二〇年，我萌生了往出版物方向努力的念头。那时席卷全球的疫情刚刚开始，我也迈入三十岁进入全新的阶段。当时我主要的身份还被隆重地标记为“旅日搞笑博主”。我以这样的面目示人，既有主动的尝试，也有被动的拣选。总之，通常别人介绍你以“他是一个××”作为模板开头时，你所获得的那个身份就是木已成舟的事了。

这个身份是很难改变的，一方面它像个里程碑，镌刻着你之前很长时间的经历所最终酿化而成的关于你的某种结语；另一方面，我认为总体上来说，大家在网上冲浪大都不是为了满足深入了解事物的需求，所以这种简单的梗概、标签就更符合大家的心理习惯。划来划去的动态，让我想到小狗撒尿进行标记，快速、明确，雨露均沾。我们因此互相给对方许多头衔和定位。我发现人们如果是对于表层产生需求，就会希望它不要那么轻易变动。比如说餐厅的味道、爱用物的款式，最好一直以符合要求的形式存在。其实对于人来说，这同样的要求也丝毫没有改变。这也是为什么自媒体的内容往往是扁平的，因为这符合一个个群体大多数人的需求。把你放在那个位子，你最好不要自己轻易走下来；给你买的衣服，你就安心地穿好。不好吗？如果改变既意味着内心的挣扎，也得不到好的回馈和赞赏，那为什么要变呢？

我往往难以感受到外部世界深刻的变化，可能因为我不炒股，也没参与什么时政要务，偶尔看到新闻惊觉难道全球要毁灭，定睛一看才发现只不过是夸张标题的戏法。不管是包围在四周的人，还是发生的事，我大多数时候都觉得变化颇微。因此我愈发觉得，相比起近些年在我自身汹涌进行的聚变、裂变而产生的丰富体验，外在实在难以作为我应对变化的一种指标。也因此，我倾向于有意识地不以外部的规律或者条件来指导我个人的发展，而更多遵从内心微妙的提示。当时，我先前所积累的搞笑风格的红利仍然在持续，人们也都说世界大环境萎靡的当下最好谨慎行动。如果能够“合理”地对世态有所观察，就不该在这个时间节点逞能，捣鼓些有的没的。

当然，那些有能力的人，我最终发现我不是其中一个，所以我无法抑制这样的突变，而像电影《变蝇人》中那样，惊异地看着镜中的自己不可逆转地长出毛刺。身边仍在发生有乐趣的事，我也挑选了一些继续演绎着。但同时在我心中，异变的迷惘和忧虑逐渐堆积成大片阴暗的雨云。

经由朋友推荐，我没过多久就联系上了一家很不错，且比较新潮的出版社。因为自知除了在网络上有一些小小的知名度外，并没有什么拿得出手的履历，而且这些名气还跟我的文艺创作没什么关系。所以虽然因获得这个潜在的机会而有些激动，但真正到要与编辑面谈的时候，内心还是感到十分缺乏底气。

从编辑那里，我了解到出版的一些流程。首先最重要的是报选题，现在的选题很难通过。题材怎么样？切入点好不好？是否能提供相当篇幅的样稿以供参照？除此之外，最好还有这些文字背后的数据支持——阅读量多吗？点赞有多少？总之听下来，绝对是场相当激烈的角逐。

当时我已经在用自己的账号写点东西，内容有一些简短的个人体会，还有些针对网友私信我的，他们自身生活中的疑惑所做的回答和分享。“我该挑哪个部分展现自己呢？或者我应该跳过这些转而大谈我那些受到喜爱的视频和它的播放量？我该适当摘取别人夸奖我但其实只是随便说说的评论来以此抬高自己吗？”我一边谈话一边暗暗想，心中的疑问也逐渐升腾，如沸水的气泡使我心焦。

如果可以，其实我更想表现的是没有施以高亮加粗的特效，只是以普通字号平实呈现的自己，一个我在日光下最常行走的样子。而这个我，此刻正像惊悚片中害怕被发现并杀掉的被害者一样，在床底下紧紧捂着嘴巴。又或者，正在不透光的水箱中垂死挣扎。这样的窒息感使我悲伤地发现，正是这个曾在深夜的网吧里写blog（博客），在废弃厂房的砖墙上写三两句诗歌的，不入流的、毫无特色的我，才真正与那些文字和思考产生着强力的关联。但这样的关联，太过庸俗，缺乏亮点。正如我真实的姓名、普通的外貌和所有那些不值分文的经历……这些有什么好表现的呢？

杀手弯下了腰，灼热的泪从那双饱含惊恐的眼中滚落。

我于是最后还是把那层漂亮的包装纸拿出来，将镜头外的自己裹住了，同时裹住了我的沮丧、怯懦和自惭形秽。我用欢欣的语气提议我们不妨以书信的形式，回答大家的问题。我重整旗鼓，自信而有风采，显示出对话题的把控。我说大家问了我好多问题，一定会喜欢这种观点的输出。看看我写的那几篇，数据是很好的证明。所用的语调无一不是我在那几年渐渐学会的，夸夸其谈的那种。

不透气的漂亮的塑料包装纸，是一座华丽的坟冢。

我并不反感“网红”头衔中贬义的部分，我欣然接受了它。如果我在网上闲逛，看到谁说“网红就不该……”或者“都是些没文化的，果然跟别人有壁。他们不配……”诸如此类，我都会觉得怎么不是这个理？网红说白了还是那些草根——我又想起那个自己——“红”也许听起来像鲜花绽放出的颜色，其实只是那坨野草经年累月长出了一朵歪歪扭扭的野花罢了。不管别人如何赞誉这个头衔或者以它夸赞我，我始终觉得不太可信，也跟我本人没什么关系。我在内心默默把自己定义为社会的“三教九流”。

但更多的，我也感谢这个身份。即使是这样一种不太主流的“脱颖而出”，以此“被看见”，都还是因此拥有了目光，在概率里踩到了微弱的可能性。细细思之，实在是来之不易。这个世界上有才能的人数以亿计，而怀才不遇的恐怕比这个数目还要多。我有什么牢骚好发的?

有一次忘记是走在哪个大城市的街道上，我由衷地向朋友发出感叹，觉得不同时代、地域和出身条件下，人们基础的差距实在是太大了。虽然我在城市生长，但几十年前的北方城市全然是另外一种概念。它只表明了在这个集散地，有几段道路的某些部分被浇灌了水泥，以及道路两边象征性分布了些稍微板正点的楼房。在我的印象里，一切慢慢产生的新的小商品和其他花样，一点点飞沫般泼溅出的科技，都仍然是围绕着温饱的需求展开的。我深深记得，有些条件不好的同学，会用馒头夹方便面的调料作为一顿正餐。大家的衣服或裤子上，或多或少都有些修补过的痕迹。用来获取知识的课本，还没经历几次重磅的教改，其中新出现的“英语”科目更是很久都没有统一的教材，更别说那些什么图书馆、美术馆或音乐厅，及其他一切上升到“情操”的活动。那都是真正遥不可及的奢侈品。

那时没有人会觉得这样的童年是可怜或者有缺憾的，因为所有人都觉得这就是生活正常演化的方式。就像现世代的孩子，很难去理解缺乏科技的生活会变成什么样。我只有在长大后往回看时，才从心里萌生出一种无力感。我发现一直以来，原来需要弥补的是那么多认知层面的、巨大的差距。其中不仅仅包含知识、习俗、礼仪，还有对待事物的看法、思想和意识，对人生的理解和规划……我嘲笑自己难怪没什么目标，因为只是在这些方方面面追赶着，已经足以令人感到非常疲惫了。

之前很长一段时间让我感到矛盾的是，我为何不能更多更好地使用自己这层身份。在那些社交性质的聚会上，我甚至本能地抵触别人提起这些事——你的粉丝什么体量，你入驻哪些平台，直播吗，变现的模式是什么……我不是也会说这些吗？

为什么会感到不情愿呢？我不知道。但通常随着这些话题的深入，我都更加觉得自己被放在了一个错误的场合。我真心希望能有另外一个人马上出现并不动声色地代替我，完美地回答所有这些问题，就像我在聚会中遇到的其他自信而有把握的同行那样。如果是这样一个人，他一定能更好地享受这些漂亮的名头，把场面做得声势浩大，换着法儿地变现再翻红，实现财富的收获。这时，认不认识他的人都会替他自豪地说："这个网红可厉害了！特别红，赚了好多钱。"但同样的画面放在我身上，只会被觉得有些惋惜，被觉得是个"一副不错的牌打得稀烂"的，应该引起从业者警惕的故事。我能想象那种唏嘘的语气，说我没有抓住时机。而没法抓住它，全都是性格的原因。

我并非不明白自己的身份。因为意外我踏进这个房间，但没过多久，我就清楚自己不是一块好材料。因为我发现，这里的规则是，要有耐心塑造一个从始至终都一样的面貌，并能带着这张表皮持续活跃。而我时不时就受不了这个或那个佯装而成的形象，宛如患了皮肤过敏症，感到瘙痒。如果其中任何的假面，有愈发强盛的趋势，我都会觉得是我看过的影视剧里或自己梦中的哪个角色溢出到了现实中，我就会对这种侵占感到极其不适，无法容忍。

然而我没办法简单地解释这种取舍，解释是什么样具体的因素促使我做出决定。好在我的爸妈不会问我，我到底做的算是哪门子网红，为什么和市面上的不一样，为什么不能补贴家用还要反过来啃老；好在我的观众朋友们多少会感受到这种情愫，他们会说因为我不太一样。这些包围在我四周幸运的人、事、物让我最大限度地避免了解释自我的困难。

但在商业合作时，真实的自我和形象之间的差别所引发的困难却实实在在加倍了。有的人觉得我社交平台上的东西太多太杂，标签不够明显，不知道从哪里切入；有的人不想听那些创意和构思，只想要搞怪的部分。每当这些时候我都有点痛恨这个所谓的圈子，觉得自己像个被压扁的易拉罐，被鼓励变得平面、肤浅，变成一堆相似的标签。

两个我面对面坐在漆黑的房间，灯光分别打在他们身上。

“说实在的，我全是被你拖了后腿。”穿着花衬衫的我愤愤地说。

“你倒是想想，没有我，你能发几周的内容呢？”对面的我穿着灰不溜秋的连帽长袍，看不清楚的脸上浮起一丝戏谑的笑容，“我也没拦着你大展宏图啊！”

“但你总会不适时宜地给我植入一些奇怪的想法，让我眼前的情景变了味，影响我的发挥。”

“我不往你脑门吹那阵风，你就跟没注入灵魂的泥人没有两样。那时候别说发挥了，你可能会在镜头前彻底失态。我不确定那是你想要的。”

“唉……你怎么就不肯跟我一起进步呢？”

“你为什么总觉得我是种退步呢？只是因为我不怎么趋同于别人，不符合他们制定的规则？”

“怎么说呢……我的意思是……我们本可以一起成为非常坚实的组合。”

“我们永远可以。只要你不坐在我的对面。你为什么不走近点看看呢？我觉得你弄错了一些非常关键的概念。你快走过来看看吧。”

穿花衬衫的我犹豫地站起来，慢慢朝两人中间走去。奇怪的是，灰色的长袍在晦暗不明的灯光下逐渐隐去了形状。我惊奇地发现，两人中间的平面是个镜子形状的黑暗空洞。那里现在传来微弱的声音："你现在又回到上海了。你难道忘记我也曾经在这里生活吗？我不存在很久了，因为我早就变成你了。"

眼前的空洞一瞬间镀上水银镜面。镜中的我，穿着长长的袍子，上面布满漂亮的暗花纹路。

## 2

二〇二〇年已经是我第三次尝试居住在上海。在这之前五年，我第一次来到上海居住。只不过对我来说，那是一段相对昏暗没有要点的记忆。

大城市会对年轻人展现出另外一副充满诱惑的面容，吸引他们关注所有新鲜、享乐的事物。我初到上海时，着实被这光影迷惑：每一个时间段，每一个城市中心区域，都充盈着源源不断的新玩意儿。若是要认真"探店"，那整个年度的每天你都能有新的日程可以安排。然而与之并不对应的是，潜藏在巷弄里，上海恶劣的租房条件。花着昂贵的租金却大多只能租到条件相当一般的老房。我曾住在某个市中心地段外观尚可的工房一楼，夏天推开门，整个走廊遍布着各种式样的蟑螂尸体。

上海的天气对我来说，也绝不能算是舒心的。冬天即使是与其他任何阴冷的南方城市相比，也不遑多让。经历过湿冷冬天的人都知道，如果使用空调制热，那么热空气将会停留在房间较高的地方，对于湿度的调节并没有太多作用。因此不是必要时候，真的难以踏出被窝半步。夏天又酷暑难耐。也因为湿气的缘故，空调吹出的冷气又极其容易入侵身体，引发感冒和其他不适。台风亦会时时来袭。春天则忽冷忽热雨水连绵，更有春末夏初的梅雨季无情肆虐，使得墙皮剥落，书页发霉。唯有秋天能喘几口气，感受不多于两三周的爽朗天气。我总是觉得眼前灰蒙蒙的，也许是待在家里端详窗外浓浓阴天的画面给了我太深的印象。上海的阴天基本不由大片可以看得到形状的云朵遮蔽而成，而是直接罩上一片彻底压抑的深灰色天空。

更为痛苦的是，我不知何时起患上了某种声音敏感症，开始捕捉一切嘈杂的声音，并把它们深深搅进厌恶和不满的旋涡。住在哪里都听得到装修声，外面的马路也一定会翻修，公共场合总有超大声音的喧哗。除此以外，就算是与人社交，听到的也多是“谁又创业融资多少多少”等等内容和磁场都令人烦躁的话语。我觉得很吵，每天都头疼，睡不好觉也起不来床。勉强抵抗住这些，还能挤出些许适当得体的微笑已经用尽了我所有能量。我因此觉得，就算这城市有再多美好的生活，也没有丝毫是属于我的。我第一次萌生了退意。

约一年后，有个朋友家里的品牌需要做些创意上的重组和升级，我就顺便因为这份工作移居到了绍兴。可谓是求仁得仁，我新住的地方正对着一大片湖泊，确实是景色宜人，丝毫的喧闹也没有。不过与之相配套的是，生活的其他部分也像这广阔而平静的湖水般毫无波澜。除了工作外，我基本没有其他的生活，闲暇时总是只和朋友聊聊天。这是个安全的透明气泡，把匆忙的世界隔开。在这里，我的精神好像不需要什么活动。

我把游戏机拿出来，把里面的游戏玩了一遍又一遍，在房间里乱蹦乱跳，睡觉的时间更长了，却还是觉得很无聊。后来我报了健身课，同时费心费力在厨房蒸紫薯和玉米制作健身餐，去超市，在商场顶层抓娃娃，绕着湖边夜跑，都没能抵消这份乏味。那段时间我觉得生命待我特别薄，因为它就差在我脑门上狠狠刻下“无能为力”四个字了。

由于生活方式简单，那时的薪水也都没有太多消耗的途径，所以其间偶尔几次出差回到上海，我都感觉特别兴奋，重燃起作为一个消费者的喜悦。这种喜悦，大大冲刷了以往的不良印象，让我不禁觉得如果从这个角度看待上海，那将大大凸显它的吸引力。把消费当作遮光片搁在眼前，就能让不想看到的那部分匿去行踪。赚更多的钱，果然就能拥有更美好的生活。当我手拎着大包小包奔向回程的动车时，我觉得上海正对我依依惜别。

携带着这些世俗又浅薄的，重拾起来的“相信”，我又平淡地生活了一段时间。接着，我在这一个阶段的工作也基本完成了。朋友问我接下来的意向，如之前我们反复聊到的那样，都觉得难以有更多展开了。说没有沮丧的情绪是不可能的，这样的情绪甚至十分浓烈，因为那可能是我第一次意识到“美”的不重要。比起做出符合或高于大众审美的设计，能够迎合、宣传及贩卖的审美才更加为商品社会所推崇。在这些加工“美”的程序中，每个步骤都比其本身更重要。我跟朋友说我会再搬回上海，刚好另一个朋友租的房子里有个空房间。已经有新的设计工作找过来，我回去就马上会进行面谈。我要做个听话的，别人让我设计什么我就设计什么。

第二次回到上海，一切变得轻松许多。新的住宅位于上海安静又不失便利的一个区域，以前我从没来过这里。朋友租的房子条件也相当不错，再也无须心惊胆战地面对讨厌的蟑螂及雨水的侵害。我觉得捡到了块宝，内心安稳而踏实，舒舒服服窝在家躺了一周，转头就顺利承接了新的工作。工作内容同样轻松惬意，完全在我的能力范围内，丝毫不费劲，还留有很多余力让我能做些兼职的设计工作。作为一种回报和自我安慰，我就努力消费，买买这买买那，品尝各色美酒佳肴。因为工作的需要，也因为本身就处在那样享乐的氛围里，我每天都在接触各种精致的品牌美学。那些拍摄精美的照片、好看的平面视觉，都使我深陷其中，流连忘返。

那短短的几个月，是我最充分享受华丽上海的时光。我做了基本上所有有趣的事，所以顺理成章地放弃了思考。我发现我用力地沉溺在美的表象里，甚至装作看不到它的反面。这些表象本身相当缺乏洞察，所以自然无法触发更加深入的探索。而完全以这样的方式去堆砌生活，生活也会变作一个与之相似的表面，吸引着我，让我把时间应付在这里，麻痹感知方向的神经。然后我就会觉得，有这个时间我不如去晒灯美黑。

二十七岁生日之际，我已经有了一种生活方式终于即将凝固成形的错觉。我不由自主地感到已找到了某种生活的模板，可以从此不必动用心念而把任何生活的细碎都塞进这里面。我不会时常感到迷茫、痛苦，因为我可以在模板中放置更多项目和安排，以此消耗自己。我已经通过实践知道，用这种方法可以修建一座坚不可摧的五指山。

而就在这样的节点，我收到一条信息，来自一个日本的留学中介。中介说之前讨论的语言班的申请事项已经全都办妥，提交护照后，就可以进入办理留学签证的环节了。

我蒙了好一会儿，才想起确有其事。与日本结缘的整个事件，由于时间拖得太长，导致我已经很难标记这串连锁反应的起始点在哪里了。最初应该是，这之前初到上海，过于无聊就上网校学了学日语。本来已经放弃，但之后没多久去日本旅行了一次，回来后就重燃了热情，又铆起劲头学了两下，还趁热打铁考取了一个足够入学的基础日语等级证书……不对，我上大学时就和朋友上过日语班，虽然也是纯粹消磨时间，为了上完课能在附近吃饭逛街。那时我们只学完五十音图就开始了互相劝说的退堂鼓之路，但好歹留下了些基础。留学中介……应该是在绍兴时出于同样无聊的心情随便上网搜索的。我想起来了，是因为费用很便宜，也没多少手续和材料就直接下单了。对方只问有没有日语的等级证书，我说有。对方说那可以，你等着吧。原来随手做的事真的会轻易淡忘，我已经快要彻底遗忘这条被荒草覆盖住的小路。

这让我想起有次旅游散步时，走到一条死路。环视四周，只有脚下好几米落差的地方有另外一条路。我们打开地图查看，发现有条浅浅的路将两者连接，但是我们放眼望去并没有这样的小路。我们笑着准备沿原路返回，在转过身时我用手随便拨了拨路旁的草丛，这才发现就在这里，被草遮盖的地方，神奇地出现了一排整整齐齐的小石阶。它蜿蜒地通向下面的公路。

最终考虑后决定去日本，也是基于同样一种感官的灵光乍现。这样的生活挺好，没有太大纰漏，但我感到通往未来的路仍然缺乏一些重要的东西，缺少让我真正甘愿与之共处的某种内核，那是我需要再次拨开眼前的迷雾才能观察到的。我想了想：目前的工作我远程也能完成，我只是刚过二十七岁，朋友的房间也有认识的人有意入住……于是我马上办理了相关手续，一个月后就到了东京。

有一阵顽劣的笑声从耳边传来——

“现在你记起来了吧。其实你早就成功地将我抑制一段时间了。你看似忙碌，尝试了很多新鲜事物，四处游荡，但你根本理不出个头绪，只是像只无头苍蝇在乱撞。那种生活你过不了多久，就会开始想念我，然后你会用力地召唤我，但你总是搞错方位，把我放在你的对面。”

“但我从来都不应该在那里。我不是你的敌人。”那个声音变得清晰。

3

这么多年，在不同的地方，我以不同的身份和面目探索着我的自身和生活。我发现所有的努力，其实最终的意图都是让每个不同阶段占据主角位子的那个自己不要那么讨厌其他的影子。尽管他总是叫嚣着，试图与这些手足作战，但最后他们都会达成和解。我有种反骨，让“我们”总能在根本的问题上一致对外，不会那么轻易被外界压倒。但同样我也想得太多，导致很多事情会被思考压碎成危险的玻璃碴，而均等地伤害到我自身的很多方面。现在，我要牢牢地打好那个基础。

近两年，这种基础已经日趋完善。从我第三

次回来居住在上海起，这个整体的修复工程就慢慢启动了。尤其是疫情后，我最冲动和聒噪的一面也变得平和。其实我并没有对自身提出什么要求，觉得我一定得怎么样，所以才发生变化。而是相反的，我告诉自己，发生更多更大的变化也没关系。我渐渐觉得透过网络所获得的那些机遇，其实也并非不同于以前影响过我判断的那些看似更简单的因素，它们依旧都只是作为牵动我感知的一根根神经而存在着。我的网络生活，是种工作，是种身份，也许夹带着些许使命感，也许是我与他人交流的非常宝贵的桥梁……但同时，它也什么都不是。时至今日，我仍然会看到很多人，用许多头衔去搭建生活，去影响生活，但我尝试过后觉得那并不适用于我。我的生活始终与这些响亮而耀眼的表象若即若离，就像用再鲜艳的花朵来浸染布匹，最终也只会得到沉静柔和的灰调色。有人会觉得它乏味，当然，实地的生活总是相当乏味单调的。但我想，谁让还有那么多人只适合把暗花穿在身上呢？我因此需要为所有这样平庸的信念表达自豪，捍卫它的名声。

我后来很快地放弃了先前的写作计划，没有继续与编辑跟进那个略显浮夸的写作主题。我觉得自己还有一段昏暗的路要走，我希望那时的自己不必再抱持一张讨喜的面庞做些巧言令色的事。我慢悠悠溜达在提速的网络上，发送着因这些转化的出现而随之变化的新内容。我现在三不五时会说自己的一些思考，不设指标地，只是想到了就随便说说。因此，我基本上变成了人们口中的“鸡汤”博主。

很幸运的是，长期陪伴我的网友朋友们仍然喜欢这些话题。网络的热潮一波接着一波，他们却始终留驻在那里。对我来说，这就是对我最深度的理解和爱了，因为我总是任性地发送各种我想发送的，展现了不知多少不同的角色。而这些任性的改变，就连我自己都不确定是否会给予同样的耐心。

到今年春天，我写完这篇后记的时候，刚好是我从东京回上海居住的第四年。以前我对时间的跨度没有太多强烈的感觉，但做了博主后，我会一下想起四年前发送的内容，并立刻想起和感到这种漫长但剧烈的变化。已经四年了！我为之惊叹。

现在，我可以确切地说出我喜欢上海的什

么：我喜欢浦西老城区一条条窄窄的小路，在这附近走路或骑车是最好的通行方式。就这些，再无其他。至于那些在这座城市不断发生的新鲜事，或者形形色色的人，我喜欢自己从中感受到勃勃生机，并产生一部分对生活新的盼望，但都不属于我所喜欢的根本。我喜欢的是更为普通的，没什么变化的巷子所提供给我的滋养着我的土壤，是一个甘愿遵照内心的普通人接近并享受城市的或多或少有些相似的理由。

普通，是我这几年的又一个舞台。前几年，我的整体造型要精致得多，因为总觉得不好好捯饬便有碍融入这座大都市的年轻群体。而如今，没有什么需要大费周章的事情频繁发生在我周围，也没有得凭外在才能取悦和迎合的社交，我已基本上是通身的素色衣服，很少重回到过往那些讲究的穿搭里去。有时候路上有人认出我，热情地跟我打招呼拍照，旁边的人都莫名其妙地回过头，投来十分疑惑的目光。他们一定在想这个路人甲是谁。每当这种时候，我都觉得特别好笑。因为我跟这些不知所以的路人有完全一样的感觉：这人到底有啥长处？

“为什么一定要有长处呢？”我接着饶有兴味地想，“人看见路边草丛里的小猫不也想要摸一摸头嘛。”人们对我展现出的那种非常宽容的喜爱一定也是基于同样的道理。

人们把姓名卡牌挂在身上，很难不想要加重那些身份使自己巨大化，而因此鼻孔也渐渐朝天摆放。我曾经也站在变形的边缘，不是变大变强，而是变成一只苍蝇。但究其所以，这些变形都出自身体内部同一个自我的相互绞杀与吞噬。为什么非得那样变化呢？万变不离其宗，以不变应万变……你看，早就有人提出了其他各种富有智慧的想法。我个人的哲学比较粗野——我觉得地里长出来的东西还是应该照旧回到地里去。

去年经由朋友介绍，我与新的出版社取得联系。我已经熟知流程，因此直接提供了很多我这些年创作的“微博土地文学”小短篇。编辑觉得除文章之外，我那些创作的视频也都是很好的题材，所以我们很快就确定可以直接朝这种类型的散文方向发展。

我手头上有不少内容可以随时拿来创作，但落笔前我仍考虑了一段时间，我需要最后些许复盘的时间来消化接踵而来的感慨和唏嘘。我感叹那些被包裹和被束缚的感觉如此不经意间就消失得无迹可寻，感叹几年来我莫名其妙献身于的某种甘愿：好像是我心甘情愿地给自己判处了严厉的惩罚，心甘情愿地接受了严刑拷打，心甘情愿地垂下头，不挣扎……所以绳子才没有越绑越紧，反而觉得没意思然后自动脱落了吗？我抬起头，一切仍如昨日，一切早有不同。

无论是在私信中收到的，或者是来自编辑的意见，他们都希望我可以创作出如样稿那样有温度、有力量的文字。当我实际开始创作，用这些明确的指向来串联事物的时候，我发现我反而无法着眼于这些范围的限定，创作出真的温暖或令人澎湃的文字。我于是在沉思间又回看了那个被绑住的自己，终于明白——如果我曾表现出力量感，甚至是某个侧写或片段也具有那样的特质，那么使之形成的、连续性的牵扯力，一定正是那某种实在的、分量感的源泉。我不确定我真的能描绘它，但也终于知道那块拼图至关重要的线索应该在哪儿找寻。

篇幅较长的几篇文章里，我突出描写了常常萦绕在我心间的几个问题：比如《外邦人》中，薄弱的亲缘感所引发的疏离，及有意识地自我回归；《不宜的味道》中，人在社会环境中生存形态的变化，及其所引发的思考；还有《山的背面，放起烟火》里处处可知，显而易见的关于时间和生命的描绘。这些所有，当我回看时，发现在我以前发布的通俗化的文字和视频里，也都时常闪现其身，不过是以更加碎片化的、简单直白的方式表达出来罢了。如今，我非常热切地把它们放进更长的时间线和更多的场景里。我想把那些背后的丝线以更明晰的方式照射出来，用文字的意象描述那些我认为对自己心灵的生长极有裨益的相关性。

文章终于快写完那几天——我在网上也发牢骚——贯穿始终的第一人称“我我我”写得我头疼想吐。尽管早已做好了准备，也与自己相处得不算太差，但真的把那些藏在缝隙深处的、小事背后的、沾满灰尘的、黑乎乎的一连串的自己拉出来面对时，到底还是不那么舒心的。

大家有没有那种“洗地毯”的视频？从不知道哪里找来的一个黑乎乎的东西，平铺开来就开始清洗。冲洗，清洁水池，上清洗剂，再冲洗，如此重复不知多少遍，这个黑乎乎的东西才慢慢浮现出颜色和花纹。在视频的加速和剪辑下，十分钟左右，这块混沌的地皮就会变成一块漂亮的地毯。同样，我觉得以这种形式再次展现自我，就像是自己躺在那里演绎了这样一段视频。所描述的起点，是相似的蒙昧。慢慢地，经过回忆拣选的画面，连同那些被委托的文字、语句，都随着冲刷的水流从表面流向四周。最后，那个脉络像地毯的图案般神奇地显现出来。那既是我所观察感觉到的世界的图案，也是构成了我自身的，我的图案。

那是一个多么安静的图案啊。我原本以为，这样与自身相关的写作会让我不可抑制地激动，会获得由衷的成就感和无与伦比的驱动力。但完全相反，在那个最原本的自我显现的时候，我只是静静地呆站住了。我看到有一个人站在台上，没有理会灯光的晦暗，观众的喧闹，微笑着自得其乐。舞台上还有别的热闹的演出，现在已经快要完全遮住他的身影。他调皮地鞠了一躬，稍微迟疑了几秒，然后利落地转身跑到了幕布后面。那份存在感太过微弱，让我不禁再次想到我如今佩戴着的那副普通而陈旧的面具。在我的念头里，那块幕布后，他将能够随意涂画、摘下或扔掉这副面具。他可以展开纸张写任何关心的主题——他的过去，他的感受，他的经历……有关他周围细枝末节的一切。那个身影已消失不见，我想我忘了跟他说："我帮你做完了这件事，你帮我度过了人生。"

4

近"君"情怯。随着修订和出版的来临，惊惶的程度也在升级。现在我又有点害怕这些东西被人看到，尤其是被认识我的人看到。这些人有的是先认识现实中的我，有的是先看过我发到互联网上的内容，但基本上我都会被同样告知，说这两者之间的差别太大。只有少数人持有完全相反的意见，说这两个人其实是一模一样的。现在我又要搞出这番新的有些不同以往的喋喋不休，真是别人不嫌烦，我都嫌烦。所以最近有人问我书的情况，说自己一定要买来读读的时候，我都会作势向后晕倒，说买可以买，但是咱们就放在那儿当个摆设不要读了吧。我说我就那么点东西来来回回地整饬，挺无聊的。还是以“传销”的方式每人发展三个下线，推荐给陌生人读吧！

再说说未来的计划。其实实话实说，我没有一星半点的计划。虽然我每天读书、做笔记，时常画画，看起来很有创作者的劲头，但其实我只是在做些保持自己觉知的习惯的事罢了。有机会和条件，它们也许可以变成某些作品，被展陈和观览；没有的话，也不外乎是产生更多的生活垃圾。而工作也是一样，我得时刻关注有什么文创的事是我可以做的，也仅仅是这样了。如此想想，觉得更没什么值得费心计划的。现在我已经非常习惯上海的生活，并像蜜蜂一样熟练地绘制着有关我周围生活区的地图。但熟悉就意味着要一直生活在这里吗？我觉得也并非这样。如果生活要重新拎起我到别的地方，我也只管拼命点头追随它就是了。只是再一次选择，我既不会有什么对过去的不满，也不会产生多少对未知的憧憬，而只会像发生在亲密的人之间，那种平淡的交谈一样：“嘿，我来了。”“我走了。爱你哟。”

去年去云南的藏区参加活动，有天下午的行程很轻松，是去拜访当地住户。晴朗的午后，太阳已经开始倾斜，我们一行人跟着领队参观，你一言我一语与住民随便交谈着。事不打紧，我就在那种懒散的氛围里晃悠着，沿向下的坡道朝别的房屋走去。用来冲洗地面的橡胶水管里汩汩地冒出蜿蜒的水流，几头牛在低处的圈里缓慢咀嚼，前方阳光照得到的一面，两位农妇此时正靠在墙边闭着眼休息。我往前再走两步，一下从阴影里迈了出来。洒满山谷的阳光，顷刻间也洒落在我的身上。

我感到那个全部的我从内心深处散发出温热，如同干净清爽的空气里无数飞虫和尘埃反射太阳的光芒，并反复表达着对此生的敬仰和珍重。那样的我，身心充满松软而轻盈的爱，正在变大和变轻，也挣脱双脚的枷锁慢慢离地。我感到高处的光变得愈发夺目，于是不禁用手遮在眼睛上方，向广袤天空的其他部分追望而去——

“天空是什么颜色的？”“蓝色——”孩子们大声回答。

那都是人生第一节课的内容，我们马上就学会了。我们……真的学会了吗？

蓝天依旧。让我们别忘了：一切总可以从头再来。